हसीना मंजिल
(उपन्यास)

हसीना मंजिल

उषाकिरण खान

वाणी प्रकाशन

पहला संस्करण : 2005
दूसरा संस्करण : 2012

vaniprakashan.com

वाणी प्रकाशन

4695, 21-ए, दरियागंज, नयी दिल्ली-110 002

फ़ोन : + 91 11 23273167, 23275710

शाखाएँ

अशोक राजपथ, पटना-800 004, बिहार

कॉफ़ी हाउस कैम्पस, महात्मा गांधी मार्ग, प्रयागराज-211 001, उत्तर प्रदेश

महात्मा गांधी अन्तरराष्ट्रीय हिन्दी विश्वविद्यालय, वर्धा-442 001, महाराष्ट्र

sales@vaniprakashan.in
vaniprakashan@gmail.com

HASINA MANZIL
by Ushakiran Khan

ISBN : 978-81-8143-281-0

Novel

मूल्य : ₹ 395

जी.एस. ऑफ़सेट, दिल्ली-110 095 में मुद्रित

वाणी प्रकाशन का लोगो मक़बूल फ़िदा हुसैन की कूची से

बी सकीना

"अभी और काम आगे नहीं बढ़ेगा। पसीने से लथपथ सारा शरीर लाख की तरह पिघल रहा है"—लाख की चूड़ी में सितारे चिपकाती सकीना ओठों ही ओठों में बुदबुदाई उफ्! आँखें चिपक रही हैं, पिपनियों (बरौनियों) तक पसीना पसरता चला आ रहा है। लगा कि कोई आगे आकर खड़ा हो गया है। उसने मुँह ऊपर उठाया। वही बुड्ढा है। ऊँह सब दिन लाठी ठुकठुकाता चला आता है। न कोई काम न रोजगार। थोड़ी देर तक सकीना अपनी बड़ी-बड़ी आँखों से उसे देखती रही। सकीना की आँखों में न किसी प्रकार का आग्रह था न उपेक्षा थी। और वह बूढ़ा जैसे सकीना की कर्णचुंबी आँखों में खो गया हो, वैसे ही निहारता रहा। इसी प्रकार प्रतिदिन आता है यह बूढ़ा, चुपचाप थोड़ी देर खड़ा रहता है फिर चुपचाप चला जाता है। कभी-कभार सकीना पूछ लेती है, "क्या लोगे बुढ़ऊ? किसी को ढूँढ़ रहे हो क्या?"...नकारात्मक भाव में सिर हिलाता अपनी लाठी ठुकठुकाता वह चला जाता। आज फिर सकीना कुछ देर तक उसे देखती रही फिर जाने क्या सूझी कि पूछ बैठी, "बाबा पानी पियोगे?"...प्रतिदिन आने वाले इस मूक वृद्ध से मानो सकीना का परिचय हो गया हो। जैसे उसके पसीने में डूबे मकड़जाल की मानिंद झुर्रीदार चेहरे से अपनापा-सा हो गया हो। उसके पपड़ियाये ओठों को देख—मन दया से भर उठा जैसे। बूढ़े ने अपना सिर स्वीकारात्मक भाव से हिला दिया और सकीना की कच्ची देहरी पर बैठ गया। सकीना बाँस की फड़की धकेल कोठरी के अंदर चली गई। घड़े से पानी निकाला, जाने क्या सोचा फिर डलिया में एक मुट्ठी मूढ़ी लेकर बाहर आई। मूढ़ी और पानी बूढ़े भलमानस के आगे रख दिया। डलिया की ओर देखकर बूढ़ा सकीना के मुँह की ओर टुकुर-टुकुर ताकने लगा। उसकी दृष्टि अत्यंत करुण थी। सकीना उसकी दृष्टि की ताप नहीं सह पाई। "मुँह क्या जोह रहे हो, जलपान कर लो" ...सकीना ने कहा। यंत्रचालित से उसके हाथों ने एक मुट्ठी मूढ़ी उठायी और गुलगुलाकर खाने लगा। फिर एक लोटा पानी गटागट पी गया।

पानी पी लेने के बाद थोड़ा टनमन हो गया।

"तुम्हारा क्या नाम है?" प्रश्न फूटा उसकी ओर से।

"सकीना, क्यों मेरे नाम से तुम्हें क्या काम?"

"किसी के नाम से किसी का क्या काम बुचिया, मानुस मानुस में पहचान होती है और क्या?"

"तुम्हारा नाम क्या है बुढ़ऊ?"

"मेरा नाम क्या रहेगा बिटिया, मैं तो बेनामी हूँ।"

"तुम्हारी कोई पहचान नहीं है?" सकीना की रुचि जाग गई थी इस वृद्ध में।

"हाँ बेटी, पहचान तो है ही। पुकारने को पड़उआ (भगोड़ा) कह ले। मैं भगोड़ा हूँ। भागते-भागते अपना असली नाम भूल गया। इसीलिए कहता हूँ भगोड़ा कह लो।"

"बाबा, तुम्हें अपना यह भगोड़ा नाम अच्छा लगता होगा, क्योंकि जब मानुस भागने लगता है तब उसे अपनी जिनगानी बड़ी अच्छी लगती है। पीछे छूटा सब कुछ कुश काँटा जान पड़ता है। जब पैर थक जाते हैं तब कीमत पता चलती है।" ...हँ हँ...हँसती है सकीना। "अब कैसा लगता है?"

"बिटिया, कभी-कभी लोग खुद भागते हैं और कभी धकेल कर बेबस कर दिए जाते हैं भागने को। हदीस में क्या लिखा है और मुकद्दर किसे किधर ले जाती है यह कौन जाने। अब इस उमर में आकर यह ज्ञान मुझे हुआ ही तो क्या? पर तुम्हें बच्चों के साथ यहाँ अकेले देखता रहा हूँ, बच्चों का बाप कहाँ रहता है?"...वृद्ध का चेहरा कातर दीख रहा था पर यह प्रश्न सहज भाव से सकीना के समक्ष यूँ उपस्थित हुआ कि वह अपनी स्वाभाविक विरक्ति का प्रयोग कर ही न पाई। उसे भान हुआ कि प्रश्नकर्ता स्वयं अकेलेपन से पीड़ित हो इसके एकाकीपन की त्रासदी की जिज्ञासा कर रहा है। सहज सम्मान का बोध हुआ सकीना को।

"बाबा मेरे बच्चों के पिता परदेस कमाई करने गये हैं।"

"कहाँ?"

"अरब?" कहकर सकीना ने दीर्घ निःश्वास खींचा। वृद्ध चकित विस्फारित नजरों से ताकने लगा उसकी ओर। उसके इस प्रकार देखने का कारण कुछ भी हो सकता था...अरब में नौकरी करने वाले की बीवी ऐसे टूटे-फूटे मिट्टी के घर में रहेगी? इस गर्मी में डूबी, आग फूँक-फूँक कर लाह पिघलाएगी? ऐसी जीर्ण-शीर्ण फूलदार पैबंद लगी पंजी साड़ी पहनेगी? बिना गहनों का देह, टूटा हुआ गेह, दुबले-पतले कमजोर दीखते से बच्चे। इन्हें देखकर कौन कहेगा कि इस घर का मुखिया अरब कमाने गया है? बुढ़े को चकित विस्मित छोड़ सकीना घर के अंदर चली गई।

लोमड़ी की तरह सकीना अपनी तकदीर पाती है। दिन भर माँद खोदती है लोमड़ी और रात होने तक उसकी पूँछ समाने योग्य मात्र जगह तैयार होती है।

सकीना के रात-दिन की मिहनत का फल यही मिलता है कि किसी प्रकार वह बच्चों को पेट भर खिला लेती है, ईद में नये कपड़े सिलवा देती है और सरकारी स्कूल में पढ़ने भेज देती है। दिन भर की थकी-हारी सकीना की आँखों में भला नींद कहाँ से आती? उसे अपना दिन पहाड़ और रात दानव की तरह लगता। रात होते ही जान पड़ता कि मुश्किलें चारों तरफ से मुँह-बाये चली आ रही हैं। सकीना को वे निगल लेंगी। यह जो दो कोठरियों वाला घर है, छोटी-सी देहरी है, नन्हा-सा आँगन है वह भी कहीं छिन न जाए। कहीं समद अपनी दूसरी बीवी बच्चों के साथ आ न धमके, उसे घर से धक्का देकर बाहर न कर दे। वह समर्थ है। उसे कोई कुछ न कहेगा। उसका भाई कमरू बेहद चालाक और खुदगर्ज है। समद का दिया चमचमाता कपड़ा उसका ईमान ले सकता है, वह तुरंत बहन का पक्ष छोड़ बहनोई का हो लेगा। और समद? समद से वो क्या खाक लड़ेगी। यदि उसने तलाक दे दिया तो? वो ये क्या करेगी? आजकल के लोग क्या सकीना के अब्बा की तरह होते हैं? यही सोचती रहती है सकीना रात भर। प्रतिदिन सकीना की जागती आँखों की पुतली के बीच सूरज की भाँति आकर उसके अब्बा खड़े हो जाते हैं।

हे अल्ला, हे मौला, अपने अब्बा जरूर जन्नत में बादशाह बन कर विराजे होंगे। उन्हें जरूर ऊँचा आसन मिला होगा। कयामत के दिन मुलाकात होगी तो अँकवार में भर लेगी सकीना उन्हें, मन भर रोएगी सकीना। अभी छाती फटने लगती है, गला फँस जाता है, आँखों से गरम भाप निकलने लगती है। मुँह से आह के सिवा कुछ नहीं निकलता है। कौन जानता है आँसू किधर बिला गये खौलते लाह की गर्मी से कि हृदय के ताप से? या कि पत्थर हो गया मन। पत्थर पसीजने की कथा तो सुनी है पर सकीना के मन पर पत्थर तो ज्यों का त्यों पड़ा है।

आँखों में विराजमान अब्बा चम-चम कर रहे हैं। पिंडश्याम मझोले कद के अब्बा जिनके चेहरे पर बड़ी माता (चेचक) के गहरे दाग हैं, फुदुर-फुदुर दो चार बकर दाढ़ी है, माथे पर चारखाना गमछी बाँधे हुए धोती लपेटे हुए हैं, अब्बा, खादी की गोलगंजी पहने हैं। अब्बा के अनेक रूप सकीना के आगे नाचते रहते हैं। अब्बा से बहुत सटी रहती थी सकीना। सकीना की पीठ पर दो भाई हुए थे, एक और बहन भी थी। सकीना का स्थान अब्बा की नजर में सबसे अलहदा था। सकीना सबसे दुलारी, प्यार की केंद्र बनी रही। बालपन से अब्बा के साथ सटकर बैठी जो कुछ भी सीखा सकीना ने वही आज जीवन का आधार हो गया है। लाख पिघलाने के लिए कितने आँच की जरूरत होती है, लाख में कितना कचरा और कितना बालू मिलाया जाता है उसका सही-सही अनुपात जिस लेहरी को पता हो जाता है, वह सबसे बड़ा कहा जाता है। फिर पन्नी कतरन करना, मौका पर चप्प से चिपकाना, वेलन पर

लहठी घुमा-घुमा कर तैयार करना यह सारा हुनर सकीना ने अब्बा से ही सीखा था। मोटी लहठी बनाने में अधिक इलम की जरूरत नहीं होती। महीन तीसीफूल, कतरी और सहाना बनाने में असली कारीगरी देखी जाती है। इस प्रकार की लहठियों की फर्माइश लग्न के दिनों में पूरे तिरहुत में जोरों पर रहता है। तिरहुत कोई छोटा-मोटा नहीं है, जहाँ तक नजर आती है तिरहुत है। और तिरहुत में यही कच्ची लहठी पहनी जाती है। उसके बिना न शादी होती है न गौना, न बच्चा का छट्ठी पुजाता है न मुंडन जनेऊ होता है। छोटे-बड़े सभी लहठी के लिए पंक्तिबद्ध खड़े रहते हैं लहेरियों के घर। लोगों की यही आतुरता तो आजतक पेट भरती रही है सकीना का, इसी से सकीना अपना तन ढँकती है, बच्चों की पढ़ाई की फीस जुटाती है। यह सकीना का अपना पुश्तैनी कारोबार है, इसे क्यों छोड़ेगी सकीना अगर कुछ और कर सकती है वह तो वह है सिर पर टोकरी लेकर चूड़ियाँ बेचना। चूड़ियाँ बेचना इसके घर का दस्तूर था। चूड़ी बेचने में आमदनी अच्छी थी। पर उसके लिए चाहिए अधिक पूँजी। सकीना की भौजी जैनब चूड़ी बेचने जाती है, उसकी अच्छी आमदनी है। घर-घर बँधा है। यूँ ही नहीं होता है बेचना, भाई कमरू सीधे फिरोजाबाद से चूड़ियाँ लाता है–भौजी बेच आती है। कमरू ने घर में एक छोटी दुकान भी खोल ली है। जैनब सकीना के बचपन की दोस्त है सो सकीना की लहठी भी ले जाती है बेचने। विशेष कर शादी जनेऊ के लग्न में अवश्य बेच देती है। सकीना को भी दो पैसों का नफा हो जाता है। जैनब की पीठ पर मरद है, उसको क्या तकलीफ, उसे कौन टोकेगा। राही बटोही कोई कुछ नहीं कहता। सकीना पर शहरी छोकरे शोहदे फब्तियाँ कसेंगे ही, तो उसे कौन बचाएगा। इसीलिए तो सकीना यह कठिन अगियाया हुआ काम करती है। जैनब के कई बच्चे बड़े हुए। घर की छोटी-सी दुकान उसकी अम्मा और कमरू देखता रहा है। अम्मा नहीं रही तो बच्चे देख लेते हैं। तभी तो सिर पर टोकरी ले जैनब भौरी करने निकलती है। बच्चे उसके मस्जिद वाले मदरसे में पढ़ने जाते हैं। मदरसे से पढ़कर आते हैं तो घर में कोई न कोई मिल जाता है खिलाने-पिलाने को। सुबह सवेरे जैनब सालन भात पकाकर रख देती है–आँखों में सुरमा और माथे में सन्दल भर बारियाँ झुलाती टोकरी लेकर निकल पड़ती है। अम्मा की ग्राहकी का फायदा जैनब को मिला है। किसी दूसरी चूड़ी वाली से कभी चूड़ी नहीं पहनतीं औरतें। पूरा बंगाली टोला, बलभद्रपुर और कन्हैया मिसर तालाब वाले मुहल्ले तक जाती है जैनब। रेलवे लाइन के पार वाले पुराने परिवार के लोग भी राह देखते उसकी। डाक्टर बाबू लोगों का, सरकारी अफसरों के मुहल्ले अम्मा रौंदती चलती थी। वह सारा का सारा जैनब को मिल गया है। खास-खास परिवार में लग्न के समय स्त्रियाँ सकीना को याद करती हैं। जैनब आकर कह जाती है–

"सकीना बीबी, एक नंबर कोलनी के आगे वाले घर से बुलावा आया है।"

"क्यों जैनब, लगन है उनके घर में क्या?"

"अब बिना लगन के कौन बुलाता है, तुम्हारा बुलावा तो खास कर लगन में ही आता है। शायद चौधरी जी की पोती का ब्याह है। सभी आएँगे। बूढ़ी मालकिन कह रही थी, सकीना आती तो नाप ले जाती, उसी हिसाब से लहठी बनाती।"

"बूढ़ी माई से भेंट हुई तुम्हारी?"

"हाँ बीबी, तो क्या यूँ ही कह रही हूँ।"

"तब तो मैं जरूर जाऊँगी।" सकीना बीते सपनों में खो जाती है। बड़ी अम्मा मदीना और अम्मा हसीना के साथ कभी-कभी चूड़ी बेचने चली जाती सकीना। जिस दिन सकीना साथ रहती अधिकतर अम्मा बंगाली टोला जाती। अधिक दूर नहीं जा पाती। बंगाली टोला से पूरी टोकरी खाली होकर आती। अभी भी याद है सकीना को दो चार घर छोड़कर स्कूल के तरफ से एक विशाल ड्योढ़ी की टूटी दीवार से रास्ता था। बेरोकटोक उस रास्ते से निकलती गली का अंत चौधरी जी के चबूतरे पर था। बाहरी चबूतरे को पार करती चूड़िहारिन अंदर चली जाती सीधी इनके आँगन में कोई धरी-धोखा नहीं था कोई छुआ-छूत नहीं। जिधर मन करे उधर बैठ जाओ, चबूतरा पर या बरामदे पर। इसी घर में आकर अम्मा को प्यास लगती। यही गली गरमी में मुँह आँख पर पानी के छींटे मारती। सकीना चापाकल के हत्थे को झूल-झूलकर चलाती और अम्मा हाथ पैर मुँह धोती। आज भी वह चापाकल आँगन में है। अभी भी सकीना की इच्छा होती है उस चापाकल को चलाये वैसी ही झूल-झूलकर। चौधरी जी के आँगन में कुछ न कुछ खाने को मिल जाता था सकीना को लाइ, मुरही, टिकरी निमकी, कुछ न कुछ। अपने फ्रॉक के घेरे में सँभालकर रखती सकीना और मुलुर-मुलुर ताकती रहती। चौधरी जी के आँगन में बैठी नाउन या महरी अक्सर कह बैठती..."मुँह क्या ताक रही हो, खाओ न।" तब सकीना मुँह छुपाकर खाने लगती। चौधरी जी की पत्नी जब यहाँ के इस घर में रहती थी, तब घर आँगन गह-गह करता रहता था। आठवें दिन नाउन पहुँचती और पंद्रहवें दिन चूड़िहारिन। तेल वाली लकड़ी के कठौते में बाँस की कुप्पियाँ लिए तौलने को तैयार मिलती तो मछलीवाली बिना पूछे मछली तौल काटने बैठ जाती। महरी-टहलुए और आए गये लोग, घर भरा रहता। औरत-मर्द सब आते। इस बंगाली टोला की बेटियाँ, बहुएँ अपने घर के काम समेट इनके घर खिंची चली आतीं। ये सारी लीला, सकीना जब छोटी थी, तब की है। उसे याद है, मुश्किल से वह 7-8 वर्ष की रही होगी कि एक दिन साँझ से पहले दोनों अम्मा चूड़ी बेचकर आ गई थीं। टोकरी धरती पर रखा और माथे पर हाथ मार कर बैठ गई। दोनों बहनों की आँखें भरी थीं। सुना चौधरी जी खतम हो गये। सकीना को याद है, अब्बा के पूछने पर अम्मा मुँह ढँक कर सुबकने लगी थी, बड़ी अम्मा रोती हुई बोल गई थी...

"चौधरी जी शायद अल्लाह को बड़े जरूरी थे। ऊपर बुला लिया।"

"कौन चौधरी जी, बंगाली टोला वाले?"

"और किसके लिए इतना कलेजा फटेगा हमारा? और तो सबके इहाँ बेपार करते हैं। चौधराइन को सोहाग पहनाते थे। अल्ला हो अल्ला कैसा जुलुम किया तुमने।"... "अरे अल्ला-ईसर कुछ नहीं होता है...कुछ नहीं। ना तो जो सबको बराबर समझता था वो ऐसे चला जाएगा। तुम्हें पता है क्या हुआ था उन्हें?" अब्बा विचलित थे।

"नहीं, सुना अचानक कुछ हो गया...।"

"अचानक क्या होगा, वो तो दूसरा गांधी बाबा था। कहीं किसी ने...।" देर तक आँगन में उन्हीं के बारे में बातें होती रहीं। अम्मा अब्बा की बातों को सुन ढेर सी जानकारी हुई थी।

आगे भी बहुत दिनों तक सुना था सकीना ने कि बड़ी अम्मा अम्मा से कहती ..."देख हसीना यह मुगले-आजम चूड़ी चौधराइन को पहनाती तो कितना सोभता।" ...अम्मा हुंकार भरती...।

"तो क्या यह पहनाया नहीं था? याद नहीं है, दइया इसी बाकुड़ी को तो 'किस्मत' चूड़ी कहा जाता था। वो जो कवि था, जो हरदम बुला लेता था, उन दिनों जब चौधरीजी खद्दी भंडार में रहते थे याद आया? अरी उस पुस्तक भंडार के आगे।"

"हाँ हसीना, बिल्कुल याद है। लेकिन वो कवि नहीं था। वही न जो साँवला-सा था, छोटा-नाटा आदमी। याद आया, वह फोटो खींचता था। देखते ही कागज पेंसिल लेकर उतार देता था सकल।" पीड़ा और दुख से जब अम्मा लोग ये बातें करने लगतीं, तो सकीना काम बन्द कर पड़ जाती। अधिकतर जब बातों का रुख बांकुड़ी, किस्मत-अस्मत और बरसात चूड़ी पर आ थमती, तो उठकर बैठ जाती। दोनों बहनों की बातें सुन सकीना को बड़ा मजा आता। कुछ व्यक्तियों के चित्र सकीना की आँख में स्थिर हो गये हैं। उसे जान पड़ता है कि उनमें से कोई व्यक्ति यदि लहेरियासराय की सड़क पर कभी मिल जायगा तो उसे पहचान लेगी, "बाप रे बाप, कवि की कमी नहीं थी। एक लंबा गोरा, पतला दुबला सा कवि था जिसके सर पर गुस्सा सवार रहता।"

"हाँ दइया, वो कवि भी तो था जिसकी घनी काली मूँछ थी और वो गोल चश्मा पहनता था। कम बोलता था, ठहाके खूब लगाता था।"

"तरह-तरह के कवि आते थे न हसीना। एक साधु थे, याद है? पर एक बात है, वे सारे कवि और फोटू बनाने वाले सुराजी थे।"

देर तक दोनों अम्मा की बातें सुनती सकीना यह गुनती रही थी कि उन दिनों लहेरियासराय की दीन दुनिया दूसरी थी। ऐसा जान पड़ता है कि दुनिया भर के

सोराजी लोग यहीं खद्दी भंडार में अपना जीवन शुरू करते, खद्दी भंडार नहीं रहता तो दुनिया नहीं चलती। सबकी खूँटी यहीं गड़ी थी।

जैनब उस दिन आकर कह गई थी..."ऐ सकीना बूढ़ी माई जी आई है, तुम्हें चलना पड़ेगा। शायद उनकी पोती का ब्याह है। सबके नाम की लहठी बनेगी। मुझसे पूछ रही थी..."

"तुम क्या हसीना मदीना की बहू हो?" हमें अचरज हुआ...इन्हें कैसे पता चला?

"हूँ।" सकीना ने हुंकारी भरी।

"तुम्हें पता है, कैसे पता चला?"

"पता है, तुम्हारी चटक-मटक देखकर और क्या।"

हँसी सकीना दुर..."क्या बोलती हो।"

"दुर क्या? ऐ जैनब हमलोग अब उम्रदार हुए। तुम मुझसे दो चार साल छोटी हो यही न। बेटी ससुराल बसती है। नाती-नतिनी होने का समय है। हमारे तो पहले फल रहे नहीं, तुम्हें अल्लाह ने सकल अच्छी दी है, काठी अच्छी है, उम्र का पता नहीं चलता, इसी से कहा होगा। मेरे बारे में पता चल गया होगा कि...। उहूँह, तुम भी बात को कहाँ से कहाँ ले गईं। क्यों कहा सो सुन लो पहले। मेरी आँखें छोटी और भूरी हैं। बस परख लिया बूढ़ी ने कि बेटी हो नहीं सकती। फिर यह मुहल्ला अम्मा लोगों का है, दूसरी चूड़िहारिन पैर धर ही नहीं सकती। यही समझ कर पहचान गई होगी।"

"आँखों की क्या बात हुई?"

"तुम अनजान न बनो। अम्मा की आँख जग जानी थी, वैसी ही तुम्हारी है। बूढ़ी माई ने कई बार तुम्हें अम्मा के साथ देखा है, यह सच है न?"

"हाँ सच है, अम्मा के साथ कई बार उस आँगन गई थी। फिर तो सूना भवन था। किस दिन चलोगी जैनब?"

"कल ही चलो। जल्दी चाहिए उन्हें। तुम्हारे हाथ में तो अभी ढेर सारा काम होगा फिर भी...।"

"एक पहर रात रहते ही काम शुरू कर दूँगी। समस्तीपुर वाला व्योपारी आने वाला है। लगन में ही तो कमाई होती है। पर ऐ भौजी, तुम आना, मैं कल वहाँ जाऊँगी।"

दूसरे दिन सुबह सवेरे सकीना ने रोटी पकाई और कपड़े में लपेट सींकी की डलिया में सँभाल दी, मिट्टी की हाँडी में साग पका कर रखा। मूँज की बड़ी रंग-बिरंगी टोकरी में नई बनाई लाख की चूड़ियाँ करीने से सजाईं, बिल्कुल नई बनी लहठियों के कुछ नमूने रख रही थी कि बूढ़ा लाठी टेकता पहुँच गया।

"कहीं जा रही हो बिटिया?"

"भोर पहर तैयार हूँ तो कहीं जाऊँगी ही न?"

"वही तो, बेटा-बेटी इसकूल गये?"

"हाँ बाबा...।"

"क्या सोच रही हो बिटिया? मैं देहरी पर बैठता हूँ तब तक बच्चे इसकूल से आएँगे तो कह दूँगा...अम्मा नहीं है खा लो।"

"उन्हें पता है। हमने कह रखा है। तुम्हें बाँधकर तो नहीं रखूँगी पर तुम बैठोगे तो मुझे सुविधा होगी।"

"सकीना बीबी, तैयार हो क्या?" माथे पर चूड़ी की टोकरी लिए जैनब पहुँच गई।

"चलो"...एक झोले में डब्बे वाली लहठी भी रख लिया था। काले बत्तख किनारे का जीर्ण-शीर्ण झोला सिला हुआ था। लाठी पर ठुड्ढी टिकाये उसे जाते देखता रहा बूढ़ा। आज सकीना ने नयी धुली हुई छींट की साड़ी पहन रखी थी। आँखों में सुरमा लगा रखा था। कैसी बड़ी-बड़ी आँखें हैं। बिल्कुल अपनी अम्मा वाला रंग नहीं मिला सकीना को सो बाप वाला साँवला रंग पाया उसने, पर आँखें और लंबा सीधा काला घना केश अम्मा वाला ही पाया है। सकीना ने कसकर ऊँचा जूड़ा बना रखा है। कान में कोई गहना नहीं है, बालियाँ भी नहीं, हाँ नाक में जरूर एक बड़ा-सा कील है। पूरे कान के छेद शायद बंद होकर निशान मात्र रह गये हैं। नीचे छेद है तो सही पर छोटा-सा। बूढ़े ने सोचा, क्या पहले की तरह बड़े-बड़े डंठल वाले करनफूल झुमके पहनती होगी जो बड़े छेद होंगे? हसीना के कान के हीराकट करनफूल याद आ गये। बड़ा शोभता था। हसीना जब-तब झुमका अलग से पहन लेती थी। सीथी में उसका कपाल जगमग कर उठता था। हैंकल के साथ गले में चाँदी का भारी सतलड़ा हरदम पहने रहती थी रुपयों की अँगूठी मुँदरी पहनती थी। रस्सी की तरह ऐंठा हुआ भारी कंगना हसीना पहने रहती थी। उस कंगन को उतरवा दिया था इसने। कलेजे पर मानो पूरा वटवृक्ष गिर पड़ा हो बूढ़े के। आँखें जलने लगीं। लाठी लिए देहरी पर बैठ गया। कहीं कोई नहीं था। जी भर कर रोया..."ऐ अल्लाह, ऐ मौला अपनी करनी का फल सीधे दिखा रहे हो। पर मालिक एक गुजारिश है हसीना की बेटी को सुख देना। यह क्यों दुख काट रही है, इसका क्या दोष?"

हसीना ने कौन-सा दुख काटा? ऐसा कुछ खास दुख तो काटा नहीं। उसमान देकुली गाँव से इस शहर शीशे वाला कंगन पहुँचाने आता था अपने अब्बा के संग। एक खास तरह का तिकोना कंगन उसमान के अब्बा को ही आता था गढ़ने। बड़े इल्म से तिकोना लहठी गढ़ता था और उस पर पटापट शीशा जड़ता जाता था, कंगूरे पर सरसों के दाने सा पोत बिठाता। दुर्गापूजा के मेले में वह लहठी खूब बिकती।

अब्बा का एक मौसेरा भाई था शाहगंज में उसी के घर ठहरते दोनों बाप-बेटे। उसी के यहाँ एक दिन हसीना से लगन की बात तय हुई। अब्बा ने अपने मौसेरे भाई से कह दिया था कि यदि उसे उसमान के लिए हसीना पसंद है तो पैगाम भेज दे। उसी साल उनका निकाह हो गया बीस टका दैन मोहर करार पर रुखसती बाकी रही। निकाह में लड़की लड़के को और लड़का लड़की को कहाँ देख पाता है? सो उसमान ने भी नहीं देखा परंतु जब-जब मेला-ठेला के समय लहठी पहुँचाने आता तब-तब उसकी मौसेरी बहन दुलहिन का गुणगान शुरू कर देती। कहती कि कनियाँ बड़ी सुंदर है, जैसा उसका नाम हसीना है वैसी ही हसीन है वह। इधर उसमान की मसें भीठाने लगीं उधर मन अदहन-सा खौलने लगा था हसीना के लिए। एक दिन वो खलबली थम गई। हसीना को देख लिया उसमान ने। उसे देखने के बाद एक प्यास सी जगी दिल में।

पहली मुलाकात

हुआ यह था कि उस दिन व्यापारी को लहठी पहुँचा भुगतान लेने में देरी हुई थी। साँझ घिर आई थी, जाड़े का समय था उसमान थक गया था। टमटम वाले अलाव के गिर्द बैठे गप्पें मार रहे थे। आग देख लालच जागा यह भी बैठ गया हाथ सेंकने। मन में था कि थोड़ी देर बाद अपने चाचा के घर चला जायगा। चाचा के ही घर जाना था तो क्या बात थी, कभी भी चला जायगा दस कदम पर ही तो था, आग की गरमी में इतमीनान से बैठ गया। तभी चाचा की बेटी कुलसुम दौड़ी आई।

"भैया तुम यहाँ पर बैठे हो अलाव के पास हमें पता ही नहीं चला, लौ में तुम्हारा चेहरा चमक उठा तभी मैं जान पाई।"

"तो क्या हुआ, नहीं देखा था कहती है। तू जा मैं आता हूँ।"

उसमान ने टालने के अंदाज में कहा।

"जा रही हूँ। वो तो मैं अपनी 'सुपारी' (हसीना) के साथ तीसी फूल लहठी पहुँचाने आई थी व्यापारी को। उसे ठेस लग गई, गिर पड़ी वो। वहाँ ओड़हुल के पेड़ के नीचे पैर पकड़कर काँख रही है। अब किसी तरह जाएँगे हम।"

"अरे तो क्या सारी चूड़ियाँ तोड़ डालीं?"

"नहीं भैया, लौटते वक्त ठेस लगी न।"

...उसमान ने साँस ली। "चल-चल घर चल।"

"भैया, हमारी सुपारी के पैर में मोच आ गई है, जरा-सा चलकर खींच दो न तभी तो उठकर खड़ी हो पाएगी। लँगड़ाकर भी चलेगी तो बिना झटका दिये नहीं होगा।"

"चलो"...उसमान ने ओड़हुल गाछ की घनी छाँव में बैठी एक नारी आकृति को काँखती देख जिस स्थान पर कुलसुम ने हाथ धरा दिया उसी को पकड़कर झटके से खींच दिया।

"हो अल्ला"...एक बारगी उस आकृति के मुँह से निकला। वह उठकर खड़ी हो गई। "उसमान भाई, सुपारी को तो आँगन तक सहारा देकर ले चलना पड़ेगा"...कुलसुम के यह कहते ही वह सुपारी संबोधित स्त्री धप्प से बैठ गई घूँघट

करके।

"अब क्या हुआ, तुम्हारी सखी को? फिर मोच पड़ गई क्या?" चलते-चलते रुक गया उसमान, कुलसुम जोरों से हँसने लगी। उसकी हँसी बंद ही न हो रही थी।

"ऐ छोकरी इतनी रात गये खी-खी करने की जरूरत नहीं है। चल घर चल।" उसमान का अपने बड़े भाई होने का अहसास जाग उठा। उसने डपट भरे स्वर में कहा था।

"भाई, मैं क्या करती इससे खड़ा हुआ नहीं जा रहा था तभी तो तुम्हें कहा। मुझे माफ कर दो।" अब उसमान धीरे-धीरे कोमल हो आया। क्या हुआ जो इसने उसके दर्द से निजात दिला दी। आखिर है तो उसी की बीवी। "कुलसुमिया, अब जब तुमने पैर धरा दिया तो सकल भी दिखा दो।"...उसमान ने धीरे से नीची आवाज में कहा कुलसुम को।

"मजाक मत करो भैया, इस बार ईद पर रुखसती तय है तुम्हारे घर ही रहेगी देखते रहना रात-दिन।" कुलसुम ने पुरखिन की तरह कहा।

"तुम घर जाओ भैया, मैं सुपारी को उसके घर पहुँचा कर आती हूँ"...उसमान सीधे चाचा के दरवाजे पर पहुँचा। पीछे मुड़कर देखने का साहस नहीं हुआ उसमें। थोड़ा स्पर्शकातर शरीर की सनसनी का हाथ था बाकी लोक लाज का भय। सो मियाँ उसमान चल दिया। उसमान की आँखें अपनी दुलहिन को देखने को आकुल हो उठीं। कुलसुम से कहने की इच्छा होती पर कह नहीं पाता।

कुछ ही दिनों बाद हाट गाछी के पाकड़ के पेड़ के नीचे उसमान खड़ा था। तभी कुलसुम एक लड़की के साथ जाती दिखी। उसमान पेड़ के पीछे ओट में जाकर खड़ा हो गया इसके मन में विचार आया कि कहीं वही तो नहीं है इसकी "अपनी बीवी"। थोड़ा देख तो ले। दोनों पेड़ के पास से गुजर गईं। उसमान का कलेजा जोर-जोर से धक-धक करने लगा। ऐसा लगा मानो कलेजा मुँह को आ रहा है। आँखें फटी की फटी रह गईं। कुलसुम के साथ वाली लड़की ने काले रंग की लाल फूलों वाली चुनरी पहन रखी थी, लाल छींट की कुरती उस पर फब रही थी। कपाल तक तना घूँघट—लाल बुँदकियों के बीच चाँद-सा चमक रहा था चेहरा। इससे आगे उसमान के कंठ में काँटे उभर आये थे मानो कब का प्यासा हो। थोड़ी देर पेड़ के नीचे बैठा रहा फिर रहा नहीं गया। उधेड़बुन में पड़ा था, अनायास पैर तेजी से लड़कियों की ओर बढ़ गये मानो नशे में हो। कुलसुम ने देख लिया...

"भैया, क्या दौड़े चले आ रहे हो भंगेड़ी की तरह। लोग तुम्हें चोर उचक्का समझेंगे। मैं समझ रही हूँ। सुपारी को देखने को तुम तरस रहे हो। इधर भी वही

हाल है, चेहरे से अधिक आजकल पैर का शृंगार होता है। तुमने जो छू दिया था, सुपारी सोचती है क्यों न पैर को सर पर रख लें।" हँसने लगी कुलसुम। शायद हसीना ने उसके हाथ नोच लिए थे। "ऐ सुपारी लोग देखेंगे तो क्या कहेंगे ऐसे नखरे बंद करो। बड़ी आई है, लजाने वाली।"

"तुम मुझे ऐसे बेआब क्यों कर रही हो।"...उसने तमककर कहा। उसकी गरदन उस क्रम में तन गई नजर सीधी उसमान से मिल गई। झट उसने सर नीचा किया, घूँघट खींचा और आगे बढ़ गई। उसमान को फिर उसी प्रकार का अनुभव हुआ। उफ् अजब कथा है, इसको देख कर घूरे सा सुलग उठता हूँ। मन ही मन सोचा था उसमान ने। अपनी है, यही तो रहेगी जिंदगी में साथ, इसी से परिवार बढ़ेगा इसी के हाथ का सालन भात खाएगा उसमान। पर यह है तो गजब सुंदरी। सफेद शेखिन-सी है। आँखें कैसी चंचल हैं...जैसे किसी ताम चीनी की कटोरी में चेङ्ग मछली छटपटा रही है। काली काली। सारा शरीर रोमांचित हो उठा था, जैसे जूड़ी ताप हो गया हो। इतनी सुंदर कोई नहीं है। मन ही मन अपने गाँव की सुंदरियों से तुलना करने लगा। गाँव के जमींदार पंडी जी की छोटी बेटी जगतारिणी अपरूप सुंदर है, किंतु उसके सफेद गुलाबी चेहरे पर सुनहरे केश हैं, उसमान की बीवी के काले केश हैं। दूसरी सुंदरी है जिवन कलवार की बेटी तारा पर उसकी आँखें भूरी हैं। तीसरी ध्यान में आती है चंचल चितचोर नदी की तरह हहराती गिरजा दुसाधिन, पर उसकी सारी अदायें आकर्षक होते हुए भी पानी थोड़ा मोटा है। हाँ फूलो कुजरा की बेटियाँ सचमुच बिना ऐब की सुंदरी हैं फिर भी मेरी हसीना जैसी नहीं। अपनी हथेली को देखा उसमान ने लाह के काम से रूखी हथेली, साँवला शरीर। हँसी आई उसे...अपनी-अपनी तकदीर... मुझे सुंदरी लजकोकड़ी बहू मिली उसे मेरे जैसा काला कलूटा जिद्दी बदमाश दूल्हा मिला। उसमान खुशी से उभचुभ हो रहा था। अब इसे किसी की जरूरत नहीं रही न कुलसुम की न हसीना की। वहीं से लौट पड़ा। उत्साह में था। काम पूरा कर गाँव चला गया। थोड़ा बहुत खा-पीकर मचान पर सोने चल पड़ा। अम्मा से कहा..."मुझे जगाना मत मैं थक गया हूँ। सोने दो।" सोते-सोते उसमान हसीना का सपना देखता रहा। जगी आँखों के सपने सी हसीना सोये सपनों में भी आकर भाग जाती। उसमान को बड़ी मशक्कत करनी पड़ी हसीना हाथ कहाँ आती थी। अम्मा से कहा उसमान ने कि उसे अकेले ही गृहस्थी चलानी पड़ती है क्यों न बहू का गौना करा लाये। अम्मा ने उत्तर दिया था..."हाँ बाबू मेरी भी यही इच्छा है, इस बार दुलहिन को जरूर ले आऊँगी सुन रही हूँ जवान हो गई है। एक ही बात की चिंता है बाजार हाट की लड़की है गाँव में मन लगेगा उसका कि नहीं?"

"ऐसा क्या अपना गाँव पिछड़ा हुआ है? यह भी तो बाजार के पास है, सड़क गई है इधर से।"

"फिर भी नई दुलहिन तो यूँ ही चिड़ई होती है उसे अपना घोंसला ही याद आता है।"

...ऐसी ही शंका देर तक करके अम्मा कुछ न कुछ बोलने लगी उसमान मानो कुछ सुन ही न रहा था वह मन ही मन लड्डू फोड़ने लगा था। समय की रफ्तार तेज थी, उसमान हसीना को गौना करा लाया था। आज जब अनेकों आँधी तूफान से तिनके की तरह आकाश में उड़ता उसमान फिर इसी मिथिला की धरती पर पटका खा कर आ गया है तब याद आने लगी है वह इतिकथा। मसें भीग रही थीं उसमान की नये कच्चे बाँस, बीट सा शरीर और मन, उधर केले के कोसे की भाँति तनुक हसीना। हसीना की बेटी सकीना की देहरी पर लाठी के सहारे बैठा बूढ़ा उसमान भगोड़ा बना सोचता है। अपना फिर भी अपना ही होता है। दुनिया भर की ऊँच-नीच सिखाती अम्मा ने गौने के बाद कहा था उसमान से—"तुम हो बड़े जिद्दी और बदमाश दुलहिन है कोमल तंग न करना डाँट फटक न करना तुम्हारी टोले पड़ोसे वाली बहनें नहीं हैं। बहू है बहू।"...कुछ सुनने की फुरसत नहीं थी उसमान को, अम्मा जैसे ही कह सुन कर गई इसने दरवाजा बंद किया। कोने में सिलवर छापा की लाल चुनरी पहने बैठी थी बहू पोटरी की तरह गोल होकर। पास आकर अंक में भर लिया उसमान ने। देर तक शरीर में सटा कर रखा। दोनों का कलेजा धौंकनी-सा धड़क रहा था। ऐसे विकट समय में दोनों एक-दूसरे को सँभाल लगे। देर बाद उसमान ने उसकी ठुड्डी उठाकर समूचा चेहरा देखा हसीना ने अ खें बंद कर ली थीं।

"आँखें खोलो! आँखें खोलकर देखोगी तब न तुम्हें पता चलेगा कि कैसे काले कलूटे से तुम्हारी शादी हुई है।"

"काले-गोरे तो दुनिया में लोग होते ही हैं। काले तो खुद भगवान हैं। सीता मइया के राम काले ही तो थे।"...सिर झुकाये धीरे-धीरे बोल गई हसीना।

तब तो मैं तुम्हारा भगवान हो गया। क्या?...हसीना ने उसके सीने में मुँह छुपा लिया।

"ऐ हसीना, तुम इतनी हसीन कैसे हो गई मेरे गाँव में एक भी इतनी सुंदर औरत नहीं है। अब कोई शेखिन दुलहिन हो तो हो, उन लोगों को कौन देखता है वे तो सात परदों के पीछे छुपी रहती हैं।" रात भर तरह-तरह की बातों में लगा रहा उसमान। जीवन का अहम काल सुहाग रात का सामान्य सहज उपभोग करने का न तो तरीका आता था न हड़बड़ी थी रात कट गई आँखों-आँखों में।

उसमान की अम्मा बहू से खुश थी—बहू ढेकुल पर धान कूट लेती सालन भात पका लेती आँगन घर साफ रहते। एक बार कभी नैहर जाने का नाम लेकर मुँह मलिन नहीं करती। हाँ, बेटा जरूर किसी न किसी बहाने से आँगन आता रहता दिन भर, पर बहू अपने काम से सर न उठाती। दोनों साँझ ढलने का बेसब्री से इंतजार करते रहते। साँझ ढलते ही सास ससुर को खिला पिला देती—हसीना, ननद ससुराल बसती थी। थोड़ी देर तक सास के पैर दबाती रहती फिर अपनी कोठरी की ओर बढ़ती। रात भर हसीना को उसमान कलेजे से लगाये रहता।

"दिन क्यों आ जाता है, रात लंबी क्यों नहीं होती?" उसमान चिड़ियों की चहचहाहट सुनते ही कह बैठता। मन में यही बात रहती हसीना के भी परंतु कहने को कह बैठती कुछ और। "दिन नहीं उगेगा तो रात की मौज कैसे होगी। तुम्हें पता है न, पेट में अन्न न रहे तो सारा प्यार-दुलार हवा खाने चला जाता है।" "ऊँह, मेरा पेट तो तुम्हें देखकर ही भर जाता है।" उसमान कहता और ऐसे अपने आप से सटा लेता मानो कभी अलग नहीं होगा। हसीना प्यार करने में कभी पीछे नहीं रही। पानी के बहाव की तरह प्रवाहित थे इनके समय। वैसे किसी भूखे नंगे और अपनी कमाई पर दिन काटने वाले लोगों को खास पता नहीं था...कि कैसे बनता है देश, कैसे बिगड़ती हैं सीमायें। कैसे-कैसे राज-पाट का निर्माण होता है और मिट जाता है। कैसे कौन-सा धरम-करम बना और चलने लगा परंतु उस समय हवा तीखी बहने लगी थी, उसमान जैसे लोगों को काफी कुछ समझ में आने लगा था। इधर वर्षों से मस्जिद के मदरसे में पढ़े-लिखे लोग अनपढ़ों को अक्ल देने लग गये थे। अल्ला मियाँ पर भरोसा रखने की आस्था पर बल देने लगे। उससे अधिक इन्हें कुछ पता नहीं था।

अल्लाह मियाँ तक तो चलता है पर मनुष्य पर जो भरोसा कर गया उसमान वही गड़बड़ हो गयी। अपने बाहुबल पर भरोसा कर जिद का पल्ला पकड़े रहा, उसका सब कुछ छिन गया। बीघा भर जमीन, एक जोड़ी बैल, एक भैंस और लाख की चूड़ियों का व्यापार। किसी चीज की कमी कहाँ थी उसमान के पास सबके ऊपर हसीना सरीखी दुलहिन का प्यार था जगत सुंदरी, प्रेम पियारी। वो इस काले कलूटे उसमान को कितना प्यार करती थी, कितनी संसारी थी हसीना। हाय रे तकदीर कैसे-कैसे रंग दिखाये ऐसी कुबुद्धि भर दी कि सब कुछ छूट गया। हठीला अहंकारी था उसमान पर उसे क्या मिला? कितने दिनों तक मिला? क्या-क्या खेल रचाया, अल्लाह मियाँ, क्यों रचाया वह अब समझ में आ रहा है। परंतु अब समझ कर क्या होगा?

"बाबा, ओ बाबा खाओगे?" पाठशाला से हसमत आ गया था।

"नहीं बेटे, तुमलोग खा लो, हम पानी पीएँगे।"...उसमान ने कहा।

"खाना खा लूँ तब दूँ पानी कि पहले दे दूँ," हसमत ने पूछा।

"खाना खाकर देना, कोई हड़बड़ी नहीं है।" बैठे-बैठ अकड़ गया था। छड़ी लेकर टहलने लगा।

"बबुआ सोना को नहीं देख रहा हूँ?"

"वो तो मामू के घर चली गई, मामू की बेटी ससुराल से आई है। उसकी गोद में बच्चा है। उसी के साथ खेल रही होगी। सोना का पढ़ने में जी जो नहीं लगता।"

"ऐं तुम्हारे मामू को नातिन है?"

"हाँ, क्यों नहीं होगी? है न।"...बड़े बूढ़ों सा बोल उठा हसमत।

"ऐ बेटे हसमत, यह तेरी मामी जैनब किस गाँव की रहने वाली है?"

"गाँव की नहीं, पंडासराय की, विक्को नाना है न, कुलसुम मौसी के दूल्हा, मेरी नानी ने जिससे, 'सुपारी' लगा रखा था उसी की बेटी है मेरी मामी।"...हसमत ने हँसकर विस्तार से बताया उसमान को।

जैसे वह पुराना समय समक्ष आकर खड़ा हो गया उसमान के। हसमत ने जैसे उस स्तम्भित समय की ओर अँगुली से निर्देश किया हो।

"बेटे उस विक्को नाना और कुलसुम नानी के घर मुझे ले चलोगे।"

"हाँ बाबा ले चलूँगा। नाना तो है पर नानी तो कब्र में सोई है।"

धरती की ओर हाथ दिखाकर उसमान से कहा हसमत ने। मानो फेनिल सागर का ज्वार उतर गया हो वैसा ही मन बैठ गया उसमान का। कुलसुम नहीं है। सब चले गये। इस उम्र में मात्र उसमान जिंदा है। उसमान को क्या पता कि किस प्रकार की सजा दे रहे हैं अल्ला मियाँ इसे यह तो बेहद डरपोक किस्म का आदमी था, खून खच्चर से दूर ही रहता। यह जीवन भर कुकर्म देखता रहा, इसमें स्वयं कुकर्म करने का साहस ही नहीं था। हाँ जिद्दी था। बेहद हठी। उसी का परिणाम भुगत रहा है।

"चलोगे बाबा?" हसमत ने खाना खा लिया था। बधना में पानी लाकर उसके सामने रख दिया। उसमान ने कुल्ला किया और गटागट बधना भर पानी पी लिया।

"आज छोड़ दो, तुम्हारी अम्मा नहीं है न, घर सूना छोड़कर नहीं जाना चाहिए। किसी और दिन चलेंगे।"...उसमान ने टाला हो जैसे।

क्या होगा विक्को मियाँ से मुलाकात करके, क्या होगा परिचय देके? राख में तब्दील इन्सान स्वयं अपने आप को कुरेदता रहता है। दूसरा कोई व्यक्ति भी उकसाने लग जाए यह ठीक नहीं।

सचमुच, इसीलिए तो जैनब देखी-देखी-सी लगी। बड़के मौसा के इंतकाल की खबर सुनकर एक बार पूर्वी पाकिस्तान से उसमान आया था। मौसा से इसका किस तरह का लगाव था? उसी समय कुलसुम से मुलाकात हुई थी। इसी उम्र की रही होगी कुलसुम। जैनब कुलसुम की तरह गोरी चिट्टी है, उसी की तरह भूरी आँखों वाली है। छोटी नाटी सी। अब इसकी नजरों के सामने सब कुछ साफ हो गया है। ओह हो, तो हसीना के बेटे का ब्याह कुलसुम की बेटी से हुआ। वह लड़की आज हसीना की बेटी से सखी-सा बर्ताव करती है। संतोष हुआ उसमान को। ऊपरवाले ने धक्का देकर मुँह के बल गिरा दिया है उसमान को तब जाकर हसीना और हसीना की बेटी की सुधि लौटी है। गिरने के पहले अपने नये संसार के सुख-दुःख में ऊब चूब था उसमान। एक चूड़ी बेचने वाला बड़ा सुपारी का व्यापारी हो चला था। उसी के अहंकार में चूर रहता। तब न तो अल्लाह मियाँ के नियामत की शुक्रिया अदा करता न कयामत का डर भय था। अपने बलिष्ठ शरीर और अपने प्रत्युत्पन्नमति का अहंकार इतना अधिक था कि मन ही मन खुश होता रहता। आकाश में पंख फैलाये ऊँची, और ऊँची उड़ती चिड़ियों को आभास भी नहीं होता कि कहीं बाज झपट्टा मारने घात लगाये पीछे से आ रहा है।

हसमत कॉपी किताब लेकर पढ़ने बैठ गया।

"बबुआ, तुम किस मदरसे में जाते हो पढ़ने?"...उसमान ने पूछा।

"मदरसा नहीं बाबा, स्कूल जाता हूँ।"

"क्यों बेटे। मदरसा क्यों नहीं? उर्दू कैसे पढ़ते हो?"

"मदरसा जो मस्जिद के पास है उसमें खानगी पैसे लगते हैं, स्कूल सरकारी है, फीस माफ है मेरी। माँ के पास पैसे कहाँ हैं?"

"लेकिन तब उर्दू की पढ़ाई...।"

"सिर्फ उर्दू पढ़ कर क्या होगा? हमारे स्कूल में भी उर्दू की पढ़ाई होती है काम चलाने लायक।"

"ओ?"...उसमान विचारने लगा अपने-अपने स्थान पर सब ठीक है। जिससे अक्ल बढ़े, जिससे रोजी रोटी में सुभीता हो वही ठीक है। उसमान तो एक भी क्लास पास नहीं कर सका। अपने गाँव में बचपन में वह भी मदरसा जाने लग गया था। शेख पठान के बच्चों ने अच्छी पढ़ाई कर ली थी परंतु कुजरा, लहेरी धुनिया के बच्चे कहाँ पढ़ पाए? कुछ, खुद पढ़ने में जी नहीं लगता कुछ मौलवी साहब की मेहरबानी। उसमान, रहीम, रसूल सब उसके शिकार हुए।

"रहीमा, चल देह पर मुक्की मार।"...मौलवी साहब लेट कर कहते। रहीम तब उनके टखनों पर मुक्की मारता। रहीम जब उनके टखनों पर मुक्की मारना शुरू करता

तब वे रसूल को आवाज देकर कहते...

"रसूलवा, तलुआ दबा।"...अब बच जाता उसमान।

"उसमनवां, भाग कर जा आँगन से पान लेकर आ। और सुन, जर्दा अलग से पुड़िया में ले लेना। मेरी डिब्बी कहीं खो गई।"...सुनतें ही उसमान भाग खड़ा होता।

"देख, भागता कैसा है। अरे पानदान तो लेता जा रे घोड़पड़ास। उसमें जो पान का बीड़ा बचा है, ला मेरे मुँह में डाल दे।" इन्हीं कामों में दिन कटते थे इनके। उन दिनों बेगार अच्छा लगता इन्हें अब पता चलता है कि नहीं पढ़ने से कितना हर्जा हुआ।

बड़ी बहन अपनी सहेलियों के साथ चक्की पीसती, सिवइयाँ निकालती पढ़ती...

"अलिफ बे अब, बाबू पढ़े जएब कब
माए खाए ला देव तब
बाबू पढ़ के आब तब।"

...तो उसमान को बड़ा गुस्सा आता। उसके बाल खींचता। कुछ दिनों तक नखरे चले पढ़ाई के फिर सब लोग अपने-अपने रोजगार में लग गये। रोजगार में भी उसमान का जी नहीं लगता। खासकर हुनर में तो बिल्कुल नहीं। इसीलिए तो देखता है उसमान उसके पिता का हुनर गायब हो गया है समूचे मिथिला क्षेत्र से। तरह-तरह की मोतियों वाली लाह की चूड़ियाँ बनती हैं पर वह चौड़े शीशे वाली चूड़ियाँ कहीं नहीं दिखतीं। अभी भी उसमान की नजर सुहागिनों की कलाई पर जाती। खास तौर से लाल पीले वस्त्रों की कलाई की ओर। नवविवाहितायें तो लहठी ही पहनतीं।

बंगाली टोला के आँगन में गहमागहमी थी। वृद्धा मालकिन आई है। घर बदला बदला लगता है। कहाँ गया वह चौड़ा चबूतरा और चंपा चमेली का झाड़, कहाँ है लाल बीज वाला अमरूद, किधर गूलर का पेड़। पुराना चापाकल छोड़कर सब कुछ नया-नया सा है। बच्चे चख-चुख करते फिर रहे हैं, वृद्धा ने सकीना को पास बैठा लिया। "बिटिया, ढेर सारी लाख की चूड़ियाँ गढ़नी हैं तुम्हें। बेटी-बहू नातिन, परनातिन सबों के लिए हिसाब कैसे रखोगी पढ़ी-लिखी तो हो नहीं।"

"बबुनी से कहिए लिखकर देगी। मेरा बेटा पढ़ता है नाप लिख दें, डिजायन मेरे ऊपर छोड़ दें।"

"अच्छा डिजाइन देना।"

"हाँ चाची, देखेंगी तो खुश हो जाएँगी।"

"तुम लहठी बनाना वैसे मेरी भाँजी आएगी तो मैं उसे लेकर आऊँगी। उसे बनती लहठी देखने की इच्छा रहती है। नई चूड़ियाँ खड़े-खड़े खरीद लेगी।" मझली बहू बोल पड़ी। तब वृद्धा मानो विस्मृत-सी पूछ बैठी।

"तुम्हारा डेरा कहाँ है सकीना? तुम तो हसीना की बेटी हो न?"

"हाँ चाची, मेरा डेरा अपने भाई के पिछवाड़े है। वहीं पुराना मोहल्ला है आप कहाँ कभी गईं।"

"मैं कभी नहीं गई लेकिन सब पता है, तुम्हारी दोनों अम्मा सब कुछ बताती जो थीं।" स्मृति के कपाट खुल गये हों मानों उनके नजरों के सामने से चित्रपट गुजरते गये।

आजादी के गीत, कला का दस्तक

हमलोग खादी भंडार के पीछे वाले आँगन में रहते उस आँगन में चार बड़ी-बड़ी कोठरियाँ थीं, कोठरी के आगे चौकोर बरामदे। पोखरा पाटन आँगन में एक कुआँ भी था। कुआँ चारों ओर से चबूतरों से घिरा था। मेरी शादी का सप्ताह भी नहीं बीता था कि इनके अनुजवत एक साथी चित्रकार उपेन्द्र महारथी ने तुम्हारी माँ को अंदर बुलाया। उन दिनों तुम्हारी माँ की शादी तो हो चुकी थी गौना नहीं हुआ था। उन्होंने मुझे बुलाया और कहा–

"भाभी आपके लिए चूड़ी वाली को बुलाकर लाया हूँ चलिये चूड़ी पहन लीजिए।" मैंने भर हाथ चूड़ियाँ पहन रखी थीं सो मैंने मना कर दिया। महारथी जी कब मानने वाले थे? उन्होंने मेरी चूड़ियाँ उतरवाकर नई चूड़ियाँ पहनवा दीं। अधिकतर उनका यही काम रहता था। तुम्हारी माँ हसीना को बुलाकर बैठा देते और कहते भाभी, चलो चूड़ियाँ पहन लो। फिर शुरू करते कहना–"भाभी हसीना की आँखें देख रही हैं? मैंने ऐसी आँखें आज तक नहीं देखीं। मैं इन आँखों का चित्र उकेरना चाहता हूँ। इसीलिए तो मैं इसे रोज बुला लाता हूँ। जब तक वह आपको चूड़ियाँ पहनाती है मैं उसे निहारता रहता हूँ।"

"अजी बाबू साहब, मैं कितनी चूड़ियाँ पहनूँ, भले मैं कह दूँगी उससे कि तू बैठ, कलाकार जी तुम्हारा चित्र बनाएँगे।"

"नहीं भाभी तब तो सब गुड़-गोबर हो जाएगा। भाभी उसे जो सच्ची बात बताएँगी तो वह चूड़ी पहनाने भी नहीं आएगी।"...मैंने दूसरे दिन उनसे यह सब कहा। तुम्हारी माँ सुनकर हँसने लगी थी। उनसे कहा था...

"भइया, तुम मेरी आँखों का फोटो बनाओगे? बनाओ। मैं भी देखूँ।" ...महारथी जी कहते, "पहले तुमको तुम्हारी आँखों को देख तो लूँ। ले मेरे हाथों पर चढ़ा चूड़ी।"

"अरी ओ हसीना की बेटी कभी तुमने ऐसा तमाशा देखा है? उन दिनों तुम्हारी माँ महारथी जी की मर्दानी कलाई में चूड़ियाँ चढ़ाने की जिद में हार का हार चूड़ी तोड़कर बैठ जाती। क्या बताऊँ। आज भी महारथी जी के चित्रों में आँखें तुम्हारी माँ की ही हैं। तुम्हें पता है? लेखक, कलाकार, चित्रकार, मूर्तिकार शिल्पी मनुष्यमात्र

को अमर कर देते हैं।"...सकीना उनके कथन की गंभीरता नहीं जान सकी परंतु इतना तो समझ ही गई कि उसकी अम्मा हसीना की आँखें कलाकार महारथी के चित्रों की आँखें हैं। "आहा, हसीना ने बहुत दुःख झेले।"...निःश्वास छोड़ा वृद्धा ने।

कैसा दुख? कोई दुख तो नहीं काटा अम्मा ने।...सोचती है जैनब। चार-चार बच्चे। इज्जत से बहन के पास रही जो सौत होते हुए भी नहीं थी। बुढ़ऊ कितना प्यार करते थे। अच्छी भली तो थी, दो दिनों की बीमारी में चल बसी। किसी प्रकार का दुख हुआ ऐसा तो नहीं लगता। बहुत अधिक गड़े मुरदे उखाड़ने का न तो स्वभाव था जैनब का न ही दिमाग लगाकर सोचने की बुद्धि। इसीलिए इसे समझ में नहीं आया कि अम्मा ने कौन-सा दुख काटा। जैनब को याद आता है सास हसीना और बड़ी सास मदीना बड़े सुख से रहती आईं। अम्मा और बड़ी अम्मा सौत होते हुए भी पहले बहिन थीं। दोनों बहनों में बड़ा स्नेह था। साथ ही सटी रहतीं। साथ ही चूड़ी की टोकरी ले बेचने निकलतीं और बुढ़ऊ लहठी गढ़ते, व्यापारियों से चूड़ियाँ लेते लहठी बेचते। मुहल्ले-मुहल्ले जाकर चूड़ी बेचने का काम अम्मा लोग करतीं। गौने पर आने के बाद से जैनब खाना बनाने लगी घर का। फिर धीरे-धीरे यह भी अम्मा के साथ घरों में टोकरी लेकर जाने लगी। दो-चार बार ले गई थी घर दरवाजा देखने को। सकीना और जैनब सभी ग्राहकों को पहचानती थीं। दोनों काफी दिनों तक साथ ही निकलतीं। अम्मा दोनों की जोड़ी की भाँति इनकी प्रसिद्धि हो रही थी कि सकीना घर बैठ गई। उसने कहा कि वह घर में बैठकर लहठी गढ़ेगी। जैनब को याद आता है अब्बा के इंतकाल के बाद अधिक नहीं जी पाई थीं अम्मा लोग। शायद भीतर से टूट गई थीं सो बाहर टोकरी लेकर नहीं निकलीं। सकीना की बेटी पेट में थी, वह अम्मा के बगल में अलसाई पड़ी थी। तभी बड़ी अम्मा ने कहा... "सकीना, उठ देख अम्मा को, कुछ बोल नहीं रही है।"...सकीना ने देखा, छुआ अम्मा तो ठंडी पड़ी थी। बड़ी अम्मा ने चुप सकीना से पूछा, "क्यों चुप है री?" सकीना ने देखा खुद बड़ी अम्मा उठी हसीना के संपूर्ण शरीर पर हाथ फेरा और कहा..."बहुत थक गई है तू, मैं भी तो थक गई हूँ।"...और गलबहियाँ देकर सो गई सो फिर नहीं उठी। हसीना और मदीना दोनों बहन की साथ ही मिट्टी हुई।

अभी भी याद है जैनब को बड़ी-बड़ी हवेलियों से लोग मातमपुर्सी करने आये थे। कमरू को अच्छी आमदनी हुई।

तब यह वृद्धा कहती है कि हसीना ने बहुत दुख काटे, यह बात जैनब के दिमाग में अँट नहीं रही है। दुख तो बेचारी सकीना को है।

जैनब हसीना की सखी सुपारी कुलसुम की बेटी थी। इसलिए बचपन से घर में आना जाना था। सकीना अब्बा की दुलारी बेटी थी। अब्बा के पास बैठने के कारण लहठी बनाने का गुर सीख गई थी। शाहगंज मुहल्ले के सबसे बड़े लहेरी व्यापारी के

इकलौते वारिस से सकीना का ब्याह किया गया। वह पढ़ा-लिखा था। ओवरसियरी की पढ़ाई कर रहा था समद। समद की नानी को सकीना बेहद पसंद थी। नानी के जोर पर समद ने सकीना से ब्याह किया था। पैगाम समद की नानी ने भेजा था। ब्याह के वक्त सकीना समद को भी अच्छी लगी थी। सुंदरी, रूपवती सकीना चिट्ठी पत्री लिख लेती है। जब तक समद लिख-पढ़कर ओवरसियर हुआ तब तक सकीना घर में बैठी रही। दो बच्चों की माँ बन गई। समद की नानी की मौत हो गई थी। घर के आगे कुछ दुकानें थीं, उसके किराये से खर्चा चलता था। जब समद को अरब जाना था तब अधिक पैसों की जरूरत पड़ी। समद जुगाड़ में लग गया। सकीना ने झट अपने सारे गहने बेच डाले और समद को रुपयों की पोटली थमा दी। वे पैसे पूरे नहीं पड़े, तो स्वयं समद ने कहीं से इंतजाम किया और खुशी-खुशी अरब चला गया। बाद में सकीना को पता चला कि समद ने पूरे मकान और दुकान को बंधक रख दिया है। दो बार मात्र समद आया था किंतु न तो उसने घर गिरवी छुड़ाया न इसके हाथों में पर्याप्त पैसे रखे कि यह गुजर बसर कर सके। वो स्वयं साहबी ठाठ में रहता। उसे सकीना की देह से पसीने की बू आती, प्याज पर बैठी मक्खी देख उबकाई आती। बच्चों को कभी गोद में नहीं लेता। समद सकीना के लिए दो साड़ियाँ लेकर आया था परंतु कमरू के लिए ढेरों सामग्री लाया था। जबतक समद रहा सकीना का चेहरा उदास रहा। सकीना के हाथ पर रुपये पैसे रखकर नहीं गया समद। जबतक वह रहा घर-घर में उसके लिए दावत रहती अपने यहाँ क्या पक रहा था यह उसे कुछ पता नहीं। समद का कटा-कटा सा व्यवहार देख सकीना चुप सी हो गई थी। समद जब चला गया तब सकीना को पता चला कि शाहगंज का सारा मकान दुकान उसने बेच दिया है। जिस कोठरी में सकीना अपने बच्चों के साथ रहती थी वही मात्र बिना बिका हुआ बच रहा था। सकीना किसी से किसी प्रकार की बातचीत ही नहीं करती है लेकिन जैनब को पता है समद ने अपने ददिहाल के गाँव हसनपुर में जमीन खरीदी है। हसनपुर के ही एक डाक्टर की बेटी से उसने निकाह कर लिया है। मन ही मन अपनी पीड़ा को छुपाकर रखती है सकीना। समद के लौटने के तुरंत बाद सकीना ने कमरू से आग्रह किया था कि अब्बा की लहठी गढ़ने वाला सरंजाम दे दे। वह लाख की चूड़ी गढ़ कर गुजारा करेगी। कमरू की इच्छा थी सकीना जैनब के साथ-साथ टोकरी लेकर व्यापार करे। कमरू स्वयं सीधे फिरोजाबाद से चूड़ियाँ लाता है, छोटी-सी दुकान भी है उसकी, बड़े-बड़े ग्राहक हैं इसके लेकिन सकीना स्वयं अपना स्वतंत्र व्यवसाय करना चाहती थी, लाख की चूड़ियों के साथ-साथ अपने अस्तित्व की लड़ाई लड़ रही थी सकीना। आज इसकी अपनी इज्जत है। अपने अब्बा और अम्मा दोनों का काम स्वयं सँभाल रखा है।

किसिम-किसिम की लहठी गढ़ती है सकीना। पुराना कच्चा लहठी, सोनहुला, कतरी, तीसीफूल सकीना जितना सुंदर गढ़ती है कहाँ कोई गढ़ पाता है? आज की तारीख में सकीना अपने बच्चों को पाल लेती है अच्छी तरह दोनों स्कूल जाते हैं पहली बार समद अरब गया था तो सकीना प्रेम-पत्र लिखा करती थी। एकाध पत्र पाने के बाद समद ने लिखा था कि ऐसी देहाती चिट्ठी न लिखे सकीना, दोस्त लोग मजाक उड़ाने लगते हैं। क्या तो वहाँ सब सिर्फ अंग्रेजी बोलते हैं। चिट्ठी पढ़कर अवाक् रह गई थी। समद के आने पर लाख सज-धज कर चिकनी चुपड़ी बनी रही, बच्चों को सँवार कर रखा उसकी ऊँचाई नहीं छू पाई। उसकी दाई-नौकरों जैसी दिखती थी। समद से ब्याह हुआ था तब वह अपने को तकदीर वाली समझने लगी थी किंतु अब जब यह अंतर अपने बीच पाती है तो झटका लगना लाजिमी है। ऐसी ढेर सारी लड़कियाँ इस लहेरियासराय में हैं जिसके पति उसे अपने योग्य नहीं पाते। स्वयं विलायत अथवा अरब में जाकर बस गये हैं। लड़कियाँ यहाँ सर धुनती बैठी हैं। यह कहना भी सही नहीं है। सभी लड़कियाँ अपने-अपने तरीके से अपना जीवन जी रही हैं। इसी मुहल्ले के शिव झा की बेटी विमला का ब्याह बचपन में हो गया था। शिव झा ने अपने दामाद को पटना भेज कर इन्जिनियरिंग पढ़ाई, उन्हें विलायत भेजा। विलायत जाने के बाद उसे यह मैथिली पत्नी अच्छी नहीं लगती। एक बेटा था उसकी पढ़ाई-लिखाई के लिए टका पैसा भेजता रहता। विमला भी कोई ऐसी वैसी लड़की नहीं थी, उसने भी कॉलेज शुरू किया। बी. ए., एम. ए. पास कर स्कूल में पढ़ाती है। सकीना में कौन-सी कमी है, वह भी तो अपने रोजगार में लगी है। लेकिन भरी जवानी में विधवा की तरह रहती है बेचारी। असली दुख तो सकीना को है, अम्मा को कहाँ कोई दुख था। यह बूढ़ी माता जी भी अब कुछ का कुछ बोलने लगी है। क्या सब कहती है। अम्मा तो सुख की पोटली बाँधे चली गई। ऐसी जिंदगी और ऐसी मौत अल्लाह मियाँ सबको दें। इतना ही विचारती है जैनब, इतना ही मिथिला की सभी स्त्रियाँ। सुख देख, अपने संसार का फैलाव देख आँखें मूँद लें, बस्स।

किंतु हसीना को क्या पहाड़-सा दुख काटना पड़ा सो सकीना को मालूम था। स्वयं सकीना भी उसी दुख के पहाड़ के नीचे दबी है। सकीना को पता है जिस दिन उसका बाप उसकी माँ की कोख में उसे छोड़ गया तभी से हसीना बेहद पीड़ा में रही। उसके आगे पीछे अँधेरा था। अपनी बड़ी बहन के आसरे जिंदा थी। माता-पिता रहे ही नहीं। छोटा-सा घर था। ससुराल में भी कुछ बचा नहीं था। उसमान निर्मोही होकर चला गया था। पूरी जिंदगी सामने रेगिस्तान-सी पड़ी थी। आस निरास थी हसीना। अपने इस दुख की चर्चा की थी अम्मा ने सकीना के सामने वो सकीना को बताना चाहती थी कि वह उसमान की बेटी है, उसमान का जो कुछ बचा होगा इस

लहेरियासराय में या देकुली गाँव में वही हक में है बाकी अहमद की कमाई और संपत्ति कमरू की है। सकीना की नहीं। तब सकीना हक हिस्सों को समझने योग्य नहीं थी। किशोरी सकीना अहमद मियाँ की ओर ताकती तो उसे यह नहीं लगता कि वह इसका अब्बा नहीं है। बड़ी अम्मा को देखने से भी तो नहीं लगता कि उसने इन बच्चों को अपनी कोख से जन्म नहीं दिया है। तो सकीना कहाँ समझती कि उसका बाप एक उसमान नाम का व्यक्ति है जो उसकी माँ हसीना का ब्याहुल था, जो इसे गर्भ में ही छोड़ कर चला गया...पाकिस्तान। तब इसकी माँ हसीना को 'खुल्ला' करवाना पड़ा और शादी करनी पड़ी अहमद मियाँ से। आहिस्ता-आहिस्ता सब कुछ समझ में आने लगा...सकीना को। जब तक समद से निकाह हुआ तब तक कुछ नहीं समझ पाई थी। उसके बाद समझ गई। अहमद मियाँ की संपत्ति तो मात्र लहेरियासराय का घर और दूकान थी। परंतु उसमान की गाँव में अच्छी खेती बाड़ी थी। उसका हिसाब समद ने माँगा था। सकीना को तो कुछ पता ही नहीं था, समद ने काफी मशक्कत की थी पता लगाने की। समद को पता चल गया था कि उसमान ने अपनी संपत्ति का अधिकार अपनी बहन को दे दिया था, बेचनामा नहीं लिख था उसके एवज में कुछ रुपये पैसे ले गया था।

उसमान का बहनोई मर गया था। उसके नौ बच्चे किसान से मजदूर हो गये थे। वे दयनीय हो गये थे। समद उनसे अपना हक फिर भी लेना चाहता था, सकीना ने जरा-सा भी साथ नहीं दिया। सकीना को समझ में आने लगा था कि इसके इल्म, सुघरता और सुंदरता पर समद की नानी लहालोट हुई होगी, समद तो देकुली गाँव के शहर होते जमीन के कारण राजी हुआ होगा ब्याह करने को मन ही मन। अब जब इस सरसों में तेल ही नहीं रहा तो समद क्या करे। सकीना के दो-दो बच्चे हैं, बड़े हो रहे हैं। यह अपना गुजारा भी करती है और पहाड़-सी जिंदगी भी काट रही है। कहीं समद तलाक न दे दे सो बिल्कुल चुप-सी रहती है।

"अब चलूँ चाची, मैं लहठी गढ़कर रखूँगी। फिर जब मामी बबुनी लोगों को लेकर आएँगी तब जिस काट, रंग, डिजाइन और नाप की लहठी कहेंगी तुरंत तैयार कर दूँगी सामान तैयार रखती हूँ न?"

"ठीक है, जाओ देर हो गई। लइया-तिलकुट लेती जा।" आँचल में लइया तिलकुट और चिवड़े लेती सकीना को याद आ गया बचपन में कितना खाया था वृद्धा के हाथ का। उन दिनों ये काली घुँघराली केशों वाली सुंदरी रानी सी दीखती। माथे पर सिंदूर की बिंदी, रंगीन फर्दी साड़ी और किसिम-किसिम की चूड़ियाँ। एक कनपासा कान में पहनती और कहीं किसी अंग में कोई गहना नहीं। बिना गहना

चूड़ियों के ये आभरण से भरी दीखती। कैसी समूची नाक है जिसमें लाल नग वाली गुलफी चमकती रहती। आज भी केश उतने ही घुँघराले हैं परंतु उजले मेघ से छतनाये हुए। कितनी दिव (दिव्य) लगती है। सलाम कर दोनों ननद-भावज लौट आईं। जैनब ने भी दूसरे घर की ओर कदम नहीं बढ़ाये। बातचीत में देर हो गई थी फिर बिक्री भी एक ही घर से दो सौ रुपयों की हो गई। सकीना के पिछवाड़े की ओर जैनब का घर था। सकीना का घर पहले पड़ता। जैनब ने पूछा...

"मेरे घर नहीं चलोगी, कितने दिन हो गए गई नहीं।"

"अब आज छोड़ दो कल आऊँगी, घर सूना है न...।"

"वह बुढ़ऊ तो बैठा है, भगोड़ा कहती हो न, ऐसा न अड्डा गाड़ लिया है कि लगता है तुम्हारा अब्बा है।"...जैनब ने मजाक किया।

"बाप तो तुम्हारा ही होगा, लेकिन है अच्छा आदमी। बेचारा आता है और मेरी देहरी पर चुपचाप बैठ जाता है।"

"रहता कहाँ है?"

"महजिद में, वहीं खाता भी है। कोई-कोई काम कर देता होगा, और क्या?"

"हाँ, वही सब।"

"लगता है, बंगला देस से आया है।"

"हाँ-हाँ, और क्या? तभी तो भगोड़ा नाम रखा है अपना। भागा फिरता है।" रास्ते भर ये ही बातें करती आईं दोनों। शाम ढल गई थी, अँधेरा हो गया था। जैनब अपने घर की ओर बढ़ गई।

"बैठे-बैठे सो गये क्या बाबा?" सकीना ने लाठी पर सर टेक कर बैठे बुढ़ऊ को देखकर पूछा।

"नहीं बेटी, सोया नहीं अलसा गया हूँ।" झोला रख सकीना कोने में पड़े लालटेन को जलाने लगी।

"बेटी, तुम्हारा बेटा बहुत होशियार है, देखो तो लालटेन साफ कर बत्ती सुधार दिया, तेल भर दिया है तब गया खेलने। खेलने जाना नहीं चाहता था वह तो मैंने उससे कहा तब गया।"

"दुखियारा है बाबा, दुख तकलीफ नहीं समझेगा तो कैसे चलेगा?" लालटेन जलाकर सकीना, चूल्हा जलाने चली। चाय बनाकर उसने पहले उसमान को दिया फिर स्वयं भी पीने लगी। बुढ़ऊ को थोड़ी मूढ़ी (चबेना) भी दिया। स्वयं भी लेकर चबाने बैठी। उसमान चाय और मूढ़ी चुपचाप सुड़कने लगा। थोड़ी देर तक दोनों के चाय मूढ़ी सुड़कने की आवाज वातावरण की चुप्पी तोड़ती रही। वैसे तो इस इलाके में जगह-जगह बिजली के खंभे हैं परंतु सकीना के घर में लालटेन ही जलता। लालटेन की मद्धिम रोशनी में बैठे दोनों अपने-अपने रूपाकार के आभास से लग रहे

थे। वातावरण में मात्र कुछ स्वर और धुआँता-सा रूप। साँझ ढले मस्जिद से अजान का स्वर आया। निःशब्द सकीना ने बधना में पानी भर कर उसमान के पास रख दिया। उसमान यंत्रचालित-सा उठा, बजू कर दोनों हाथ उठा दिए आकाश की ओर। अल्लाह मियाँ से क्या माँग रहा था, उन्हें क्या सुना रहा था उसका ज्ञान तो उसे ही था। शायद अपने द्वारा किये गये गुनाहों की माफी माँग रहा था। संभवतः अपने द्वारा भूली बिसरी इस निशानी के दुःखों के अंत के लिए दुआ माँग रहा था। देर तक माथा टेक कर पड़ा रहा। सकीना भी सिर झुकाये ओठों में कुछ बुदबुदा रही थी।

"बिटिया, अभी तब बच्चे लौटे नहीं।"...उसमान ने पूछा।

"बच्चों में खेल रहे होंगे...अब आ जाएँगे। कोई बहुत दूर नहीं जाते। मामू के घर ही तो जाते हैं। वहीं कुछ चना चबैना खा लेते हैं फिर बिना कलेवा किये सो जाते हैं।"

"हाँ-हाँ, वह तो होता ही है। तुमने भी तो कलेवा नहीं किया दिन में अभी कुछ पकाओगी नहीं क्या?"

"अब देखो तो, एक बार सवेरे पेट भर खाकर तो गई थी। फिर यह मूढ़ी लइया, भूखी थोड़ी हूँ?"

"फिर भी बेटी, इतना काम करती हो कुछ सुअन्न पका लो।"

"बाबा, तुम खाओगे तो खिचड़ी पका लूँ।"

"बना लो, खाऊँगा। जी नहीं करता कि तुम्हारी देहरी छोड़कर कहीं जाऊँ।" अनायास यह वाक्य उसमान के मुँह से निकला, अनाहूत रूप से सकीना ने उत्तर भी दे दिया।

"रह जाओ न, मुझे कोई भारी लगते हो। अच्छा रहेगा। अभी तुम हो तो घर कैसा गह-गह लगता है नहीं तो बच्चे जब खेलने चले जाते हैं उस वक्त मैं उदास चुपचाप बैठी रहती हूँ।"

आया पंछी अपने देस

यही सूत्र हो गया, उसमान को एक घर मिल गया। उसमान एक खंडित, घाव से भरे लुढ़के पड़े-पेड़ को, जिसको जिंदा रहने की न जरूरत थी न कामना आज खड़ा कर नया जीवन दान मिला। आज उसे लगा अल्लाह की नेमत कहाँ, किस ओर से, किसे और कब मिल जाती है उसका क्या कहना। सुविधाभोगी डरपोक और पूँछ दबाकर चलने वाले जानवर की तरह का नामालूम सा इंसान उसमान के द्वारा सोच विचार कर कोई पाप नहीं हुआ। शायद उसी कारण अल्लाह मियाँ का फ़जल हुआ। उसमान को आभास हुआ कैसे राख के नीचे दबी हुई छोटी-सी चिनगारी पूरे घूरे को जला देती है। इच्छा होती है आहिस्ता-आहिस्ता इस चिनगारी को स्वयं का परिचय दे। अपनी कच्छी को अच्छी तरह टो टा कर देखा उसमान ने। उसमें थोड़ी अशर्फियाँ, गहने और रुपये थे। उस दिन रात में जब सारा बंगलादेश पागल हो उठा था, इसने अपनी कच्छी में यह सब सिल लिया था। बाकी गहने एक पतली बगली में लेकर इसकी पत्नी ने कमर में बाँध लिया था। बेटे बहुओं ने भी ऐसा ही किया था। सबों ने ठोस ले जाने लायक धन इसी प्रकार बाँध लिया था। रातोंरात भाग निकले थे सब। पड़ोस के बिहारी बंधुओं ने कहा था आकर...

"उसमान भाई, यह देश अब पूर्वी पाकिस्तान नहीं रहा। बंगलादेश हो गया है। भाग निकलने में ही कुशल है।"

"क्या बात करते हो, हमने बंगालियों का क्या बिगाड़ा है? हम तो अपना रोजगार करते हैं।"

"ऐं क्या बिगाड़ा है? बिहारी मुसलमान हो न, बिहारियों पर साथ ही गाज गिरेगी।"

"ऐ भाई, मैं तो मूरख मियाँ हूँ, मेरे मुँह से कभी उर्दू नहीं निकला, हमेशा मैथिली बोलता हूँ। तुम भी तो मेरे साथ मेरी ही बोली बोलते हो फिर गाज क्यों गिरेगी?"

"देखो उसमान भाई, तंग कर के छोड़ दे यह भी नहीं है, काट कर रख देगा। तुम क्या कर सकोगे? गुंडे बिहारी मुसलमानों ने जो बांग्ला बोलने वाले मुसलमानों को तकलीफ दी उसका बदला हमारे जैसे मुँह दुब्बर बिहारियों से वे जरूर लेंगे।"
....उसमान अवाक् रह गया। उसके बेटे ने समझाया—

"अब्बा, ये ठीक ही तो कह रहे हैं, अभी बंगाली मुसलमान गुस्से में हैं। कुछ भी कर सकते हैं। हम लोग ससर कर पुरनियाँ पार कर लें घर में ताला बंद कर दें। समय साल ठीक रहेगा तो लौट आएँगे।"

उसमान का हलक सूख गया। बेटे बहुओं ने सारा इंतजाम किया। रातोंरात घर से निकल पड़े। होश नहीं रहा फिर क्या हुआ, उसको इतना भर याद है कि गाँव की सीमा से थोड़ी ही दूर गया था कि हमला हो गया चौतरफा। जब सब कुछ शांत हो गया तो उसमान ने बेटे बहुओं और बुढ़िया को छू कर देखा। सभी सर्द-निःशब्द पड़े थे। आँखों में आँसू भी नहीं थे। लाशों के ढेर के किनारे इसी की तरह का एक वृद्ध बैठा था।

"तुम भी जिंदा बच गये?"...वृद्ध निर्लज्ज हँसी हँसने लगा।

"मुँह क्या जोह रहे हो, और गुनाह बाकी बचे हैं झोली में सो कौन भोगेगा। उठो चलो गुनाह की पोटली लेकर कहीं भी चलें।" उसमान ने उस बूढ़े का हाथ पकड़ा। दोनों एक-दूसरे का हाथ पकड़े पश्चिम दिशा की ओर बढ़ चले। पैरों ने पहचाने हुए दूब से भरी धरती पर पैर रखे। वह थमक गया। उसमान उस बूढ़े का मुँह जोहने लगा। "क्या देख रहे हो, भूख लगी है कि प्यास? चलो वह सामने कैंप लगा है, राउटी गिरी है वहीं कुछ खाने पीने को मिलेगा और कहीं नहीं।"...भूख प्यास किसे नहीं सताती पर अभी तक उसका आभास नहीं हुआ था। कैंप में आकर जो दृश्य देखा उससे याद आ गये वे दिन जिस दिन इसने पूरब दिशा की ओर कदम बढ़ाये थे। ऐसे ही लुटे-पिटे बंगाली कैंपों में पड़े थे। आहिस्ता-आहिस्ता सब ठीक हो गया था। तब याद आता है कि कैसा ज्वार उठा था कि यह पाकिस्तान की ओर चल पड़ा था। किसने इससे कहा था कि यह तिरहुत तुम्हारा नहीं है? तुम्हें पाकिस्तान जाना ही पड़ेगा? सब अल्लाह की मर्जी। अल्लाह ने मुझे कुपंथ पर चढ़ा दिया, क्यों आखिर क्यों? अपनी कमजोरी के कारण। इससे तो अच्छा था अल्लाह डंडे से मार लेते। या अल्लाह। रहम कर। सोचा उसमान ने, उसके गाल आँसुओं से तर रहते। कैंप में बैठा चाय सुड़कता, खिचड़ी खाता उसमान पहले तो सुन्न बैठा रहा फिर जैसे-जैसे संज्ञा लौटी तो अभी के मरे-कटे परिवार से अधिक पिछला छोड़ा गया परिवार याद आने लगा।

जिस दिन अपने गाँव की जमीन का कागज बहनोई के हाथों में दिया और चाँदी का रुपया पोटली में बाँध कर लिया उस दिन बेहद खुश था। बहिन रोती सी बोली थी...

"बबुआ, तुम सगरी तालाब की अकेली पोठिया मछरी चले जाओगे तो देस सुन्ना हो जाएगा।"

"ईह, पगली कोई दूर देस नहीं जा रहा हूँ। क्या पहले हम लोग ढाका, बंगला

नहीं जाते थे? वर्ष में एक बार जाते थे लोग कि नहीं? वहीं तो जा रहा हूँ?"...बहिन को समझाया उसमान ने।

"तुम अपने बहनोई को जमीन बेचनामा लिखकर जा रहे हो इसीलिए कह रही हूँ। जी डर रहा है। माएका छुड़ा रहे हो।"

"बहिनी, तुम्हें अक्ल नहीं है सुनो। नया व्यापार जमाने के लिए टाका-पैसा चाहिए न। अपनी जमीन पर तुम रहोगी, मेरा भांजा-भांजी खेलेगा, समझना मैं ही हूँ। मैं भी निश्चिंत रहूँगा।"...उसमान बहिन से उचिती-मिनती कर लहेरियासराय आया था। ससुर पहले ही मर चुके थे, सास थी बड़ी साली थी जो बगल में ही संपन्न लहेरी अहमद को ब्याही गई थी। अहमद ही सास और छोटी साली की देखभाल किया करते थे। उसमान भी अधिकतर ससुराल में ही रहता था, व्यापार के लिए लहेरियासराय से अच्छा स्थान और कौन-सा हो सकता था? उन दिनों उसमान की पत्नी हसीना अपनी बहन मदीना के साथ चूड़ी बेचने जाती थी। लहेरियासराय से अच्छा स्थान और कौन-सा हो सकता था? लहेरियासराय में राह चलती लड़कियों के साथ छेड़खानी नहीं हुआ करती उन दिनों। पहले लोग-बाग बटमारी करते होंगे पर इन दिनों स्वराजियों क्रांतिकारियों के डर से महाराज कुमार की भी औकात नहीं थी। गांधी बाबा के कारण छोटे से छोटे आदमी हिंदू तुरुक, क्रिस्तान सब सुगबुगा रहे थे। देसी इंसान उजली चमड़ी वालों से निजात चाहते थे। सो नगर में चूड़ीवाली, तरकारीवाली, मछलीवाली, दहीवाली और अन्य दैनिक मजदूरिनों को रोकनेवाला कोई नहीं था। इन सबके टोले मुहल्ले बँधे थे। किंतु वैवाहिक संबंध से सब एक-दूसरे से जुड़े हुए थे सो जिसको जिधर इच्छा होती चल देती। वे एक दूसरे के मुहल्लों में घूम-घूम कर बेचा करतीं अपना सामान।

गाँव की समस्यायें सुलझाने में उसमान को तकरीबन एक डेढ़ माह लग गया। हसीना को मायके में छोड़कर जब वह गाँव गया था तब हसीना की तबीयत खराब थी। अन्न-जल छूट गया था, रह-रहकर मिचली आती नाली की ओर ओक् करती भागती। बखौनी-पॉवरिया की भाँति नाच गाकर मदीना बहिन ने सोहर सुनाया था उसमान को...

"अन्न-पानि किछो ने सोहाए, बदन मेल पातर रे
आहे-ईहो देहिया सरिसव फूल चढ़व मास तेसर रे"।

उसमान हसीना का पीला थरथराता शरीर और कपाल पर टँगी आँखों को देखकर धक से रह गया था। उसके पपड़ाये ओठ देख ऐसा घबड़ा गया कि मुँह से कोई बोल ही न फूटे। मदीना बहिन ने समझाया तब जाकर उसकी चिन्ता दूर हुई। "ऐ पाहुन, ये तो खुशी की बात है, हसीना गरभ से है। शुरू के दिनों में ऐसे ही तबीयत खराब रहती है। तुम जाओ, काम रोजगार बंद क्यों करते हो?

हमलोग सँभाल लेंगे।" उसमान मन ही मन प्रसन्न हो उठा था उसकी इच्छा हुई सबसे पहले पंडा सराय जाकर कुलसुम से कह आये फिर विचारा यह तो औरताना हरकत हो जायगी। वैसी भी कुलसुमिया जरूर जानती होगी। वो हसीना की 'सुपारी' है न गाँव गया तो बहिन को समाचार सुनाया...बहिन सुनकर मगन हो उठी, फिर याद आते ही रोने लगी कि उसमान स्थान छोड़ रहा है।

"तुम तो रहोगे ही नहीं, पहला-पलौठा होगा, बहिन आनंद बधावा नहीं माँगेंगी, कैसा लगेगा तुम्हें।"

चुप रहा उसमान। इस बात का जवाब सचमुच उसके पास नहीं था। अपने पिता की अनेक संतानों में एकमात्र जीवित बेटा उसमान था दूसरी यह बड़ी बहिन। माता-पिता पोता-पोती का मुँह देखे बिना चल बसे। हसीना गौने पर आने के कई वर्ष बाद गरभ से है। उसमान इस सोच में मग्न हो उठा कि वह बाप बन रहा है। उसका खानदान बढ़ने जा रहा है।

गाँव का काम निपटाकर ससुराल आने पर उसमान ने देखा हसीना अधिक हसीन हो गई है। रंगत लाल हो उठी है। लजाई आँखें अधिक रसीली हो गई हैं। चूड़ी बेचने नहीं जाती है। सो रंग भी अधिक साफ हो गया है। हसीना क्या सोचती थी। कितने दिनों की आस पूरी हुई। पाँचवाँ महीना चल रहा है किसी बदफेली की अब गुंजाइश कहाँ? हसीना की अम्मा की चिंता भी दूर हुई। मदीना के गौने का बारह साल हो गया, अभी तक आँचल का बंधन नहीं खुला। हसीना भी गौने पर जाने के छः वर्षों तक नट्ठा गाय की तरह खड़ी थी। माँ बड़ी चिंतित थी मदीना अकेले मरद की औरत थी तो चलता था, सास-ननद नहीं थी कि बाल बुतरू के लिए जीना दूभर कर देती। मदीना का मरद अहमद समझदार था, वह कहता—"अल्ला मियाँ जब देंगे छप्पर फाड़कर देंगे।" मदीना उदास रहती। सो हसीना के गर्भवती होते ही मदीना एवं उनकी अम्मा की खुशी का अंत नहीं था। हसीना को भान होता कि सारे संसार की खुशी इसके गर्भ में आकर बैठ गई है।

दिन दहाड़े मायके में अपने मरद से बातें करने का रिवाज नहीं था, परंतु हसीना के घर में कोई था ही नहीं। अम्मा थी तो चुपचाप निकलकर चली गई मदीना के घर। हसीना का पाहुन अकेला बरामदे पर बैठा था।

"सुनती है, इसी से कह रहा हूँ।"...उसमान ने रिवाज के अनुसार अन्योक्ति में कहा। हसीना कोठरी के दरवाजे तक धीमे से आई।

"क्या बात है?"

"उफ, आज ये तो अंत (अति) सुंदर दीखती है। लगता है, जैसे कभी नहीं देखा ऐसा रूप।"

"हट, क्या बोलता है।" हसीना शर्मा गई। दीया बाती (साँझ) तक वैसी ही

दुटप्पी बातें होती रहीं। हसीना इसी बीच में डिबिया लालटेन साफ कर चुकी थी कि पड़ोस की एक लड़की दौड़ती हुई आई..."नानी–आज मदीना मौसी के घर रह गई। नहीं आएगी वही कहने आई थी।"...शायद लड़की का खेल छूट रहा था सो आँधी की तरह आई और तूफान की तरह चली गई। उसमान ने निःश्वास छोड़ा। उसे कितनी बातें हसीना से करनी हैं।

लहेरियासराय में जो खून खच्चर हुआ वह आग बुझ गई है किंतु कुछ लोगों का जी हलकान हो गया था। कुछ लोग जान-बूझकर अच्छे भविष्य की तलाश में जगह छोड़कर भागना चाहते थे। उसमान के सपनों की दुनिया की नींव पड़ चुकी थी। आज वह हसीना को सुनाकर तैयार करना चाहता था। अपना घर परिवार छोड़ते किसे डर नहीं लगता है फिर भी उसमान को विश्वास था कि हसीना इसके प्यार की खातिर जाने की तैयारी कर लेगी। संझा बाती होने के तुरंत बाद घर का दरवाजा बंद कर लिया हसीना ने। उसमान ने पहले हसीना को जी भर कर प्यार किया फिर अपनी योजना पर बात करने चला।

"हसीना, मैं तुमसे एक जरूरी बात करना चाहता हूँ ध्यान से सुनो चलो हम पाकिस्तान चलें। वहाँ के नये बने राज में हमारी बड़ी पूछ है यहाँ तो है ही नहीं। बत्तीस दाँत के बीच में कंकड़, पत्थर की तरह रहना होगा।" तमककर हसीना बलिष्ठ बाँहों के घेरे से छिटक, उठ बैठी।

"क्या कहा, फिर तो कहो?"

"पाकिस्तान जाऊँगा, और क्या?"

"किसलिए?"

"जीने के लिए, रोजगार के लिए और किसलिए?"

"यहाँ नहीं जी रहे हैं हम, यहाँ घर, खेत और रोजगार नहीं है क्या? वहाँ दूर देस में राजगद्दी है?"

"ऐसे मत बोलो, तुम जनानी जात क्या जानो, अब यहाँ लोग बचेंगे नहीं? देखा नहीं क्या हुआ था?"

"क्या देखा? जनी जात क्या नहीं जानती है? क्या मैं शेखिन-बामनी की तरह घर घुसनी हूँ, मैं सब कुछ जानती हूँ सब समझती हूँ।"

"हसीना अधिक फटर-फटर मत बोलो। दंगा-फसाद के बहाने अब हम मारे जाएँगे।"

"चलो-चलो, इंसान नहीं बचेगा। दंगा जो होना था सो हुआ अब नहीं होने वाला है। मुझे सब पता है, सिर पुरुख (मुख्य पुरुष) को लेकर दंगा खतम हुआ।"

"अक्ल मत बघारो, चार घर चूड़ियाँ क्या बेचने जाती है कि दिमाग चढ़ गया है। साफ-साफ सुन लो, मुझे पाकिस्तान जाना है। पूर्वी पाकिस्तान में बड़के मेहमान

जी ने घर खोजकर रख लिया है। हम यहाँ से टाका-पैसा लेकर जाएँगे और बस जाएँगे। मेहमान जी (बहनोई) जाते ही आरा मशीन का कारोबार करने लगे हैं मैं भी अभी उन्हीं की हिस्सेदारी में काम करूँगा फिर बाद में देखा जाएगा।"

"बड़ा-बड़ा इंतजाम कर लिया है, मालिक, मुझे जाना नहीं।"...हसीना ने रूखे स्वर में कहा, उसमान तनतना उठा। क्रोध में उठकर बैठ गया।

"हसीना, जनीजात से पूछना मुझे गवारा नहीं। बहुत होशियारी करने की कोशिश मत करो। तुम्हें करना क्या है? सामान ही तो बाँधना है। दाल-पूड़ी पकाना है, चिउड़ा मूढ़ी लेना है। चलो तैयार कर लो। दो-चार दिनों में चलना है।"

"तेरे पैर कुचल दूँगी। तुम्हारे साथ मैं जाऊँगी? उस राक्षसों के देस में? उस दानव दैत के जगह पर मुझे नहीं जाना। मैं अपनी माँ बहन के साथ रहूँगी तुम्हारे पीछे नहीं फिरूँगी।"...तमककर बोली हसीना उसमान की ओर पीठ फेर कर बैठ गई।

उसमान क्रोध से पागल हो उठा। हसीना का जूड़ा पकड़ अपनी ओर खींच लिया और गर्दन पर जोर से मुक्का बरसाने लगा। तबतक जबतक हसीना अचेत होकर न गिर गई। उसमान कोठरी का दरवाजा खोल निकल गया। देर तक आँगन के सहन में चहलकदमी करता रहा उसमान। फिर बरामदे पर पड़े बँसखट पर लेट गया। क्रोध शांत नहीं हो रहा था। आँखों में क्रोध की ज्वाला धधक रही थी, वहाँ निंदिया रानी का वास कहाँ? एक बार भी उस ओर ध्यान नहीं गया कि जिस हसीना को मार-पीट कर बेहोश कर आया है उसकी स्थिति क्या है? होश में आई क्या? गर्भवती है वह। अपना प्रस्ताव हसीना के तर्क द्वारा अमान्य हो गया। उसकी बड़ी चिंता। हसीना, मेरे जाँघ तले की औरत जवाब देगी, वह तो खूँटे में बँधी गाय है जिधर रास पकड़कर ले जाऊँगा उधर जाना पड़ेगा—सोचता रहा उसमान।

"मैं उसके हाथ लगी रस्सी में बँधी गाय नहीं हूँ कि जिधर कहेगा उधर चली जाऊँगी उसके साथ कहीं।"...दूसरे दिन सूजी हुई गरदन और बरसती आँखों वाली हसीना ने कहा।

"उसकी बीवी हो बुचिया, जहाँ ले जाएगा जाना पड़ेगा। क्या कर सकती हो?" अम्मा ने समझाया। अम्मा भरे दिल से ऐसी बात बोल गई। आँचल से आँखें पोंछने लगी। अपनी बेटियों की तकदीर पर वृद्धा नाज करती। अड़ोसिन-पड़ोसिन भी कहा करतीं, "धन्न भाग हसीना मदीना का, दोनों पिया पियारी हैं। आज कलेजे की टुकड़ी को उसका दूल्हा दूर देश लेकर जा रहा है। छोड़ेगा तो नहीं, अपनी औरत है ले ही जाएगा। उसमान ने यह क्या किया, सुख से था यहाँ। मदीना भी अचरज में है।

मदीना का मरद कोंच-कोंचकर उसमान से पूछ चुका था...कि उसमान ठहर ही नहीं सकता है।"

"साढ़ू भाई, जी क्यों उचट गया? अपनी धरती पिरथी से कहीं लोग ऐसे रूठते हैं? दूसरी जगह जाओगे तो पाही पाटी (बाहरी) कहाओगे येहाँ डीही (अपना स्थान) हो।"...उसमान को न कुछ सुनना था न उसने सुना कुछ। हजार बातें समझाई गईं फिर भी।

"हमलोग पूर्णियाँ जिला पार करते है कि लोग हमें 'पछिमा' कहकर पुकारते हैं तुम हमेशा के लिए 'पछिमा' कहलाने जा रहे हो।" उसमान की आँखों पर हरी-पट्टी बँध चुकी थी, उसे उस पार की दुनिया हरियाली नजर आती। उसमान की जिद के आगे हसीना टस-से-मस नहीं हुई। जैसे उसके अंदर कुछ टूट गया हो। "पाहुन अभी छोड़ दो हसीना को। तुम जाओ। अभी देह-नेह भी ठीक नहीं है, ऐसे समय में माँ-बहन के पास औरतें रहती हैं तुम जाओ खुद को वहाँ जमा लो, घर-बार ठीक कर लो। तुम्हारी औरत है आकर ले जाना।" हसीना की माँ ने समझाया उसमान को। उसमान ने सास की बातों का गौर किया। हसीना के रूखे और अजनबी व्यवहार से मन उद्विग्न था। उसने हसीना को ले जाने की जिद थोड़ी देर के लिए छोड़ दी। उसके पास जमीन घर के एवज में जो रुपया पैसा मिला था बहुत नहीं था उससे कारोबार जमाने में कठिनाई हो सकती थी। कुछ चाँदी सोना अपनी अम्मा का था बाकी वह हसीना से उम्मीद करता था। कोठरी में बैठी हसीना सब सुन रही थी। काठ के बक्से में रखी सीकी की गोल डिबिया निकाल हसीना ने उसमान के आगे धर दिया। अपने गले में पहनी हैकल सिकड़ी, कानों के बीर झुमके, गुजा लगा जौसन बाजू, कंगना दो रब्बी काड़ा छाड़ा और बिछिया सारे खोल कर गमछी में बाँधा तथा आगे कर दिया उसमान के।

कान की बारियाँ, नकवेसर और बुलाकी मात्र नहीं निकाल सकी। वह सब सुहाग की निशानी निकालते वक्त हाथ काँपने लगे। बड़ी-बड़ी कमलपत्री आँखों से आँसुओं की धारा बहने लगी। उसमान ने गमछा समेट हाथों में लिया। सास को सलाम किया और चला गया। हसीना से मिलने की कोशिश नहीं की। उसका मन जो चार दिन पहले टूट गया था वह गहरे पानी में डूबता चला गया। उधर उसमान के कदम दालान पार कर रहे थे इधर इसका सर चक्कर खाने लगा। वह चटाई पर हौले से पड़ गई। आर्तनाद कर रोने का जी चाहता था हसीना का, धरती-आकाश एक कर देना चाहता था इसका बौराया मन परंतु निःशब्द आँखें मूँदे पड़ी रही। इसे आभास हो रहा था—समय की चाल उल्टी चल रही है, इसका सूरज पूरब की ओर डूबने जा रहा है।

इस घर की छाँव मिली है उसमान को। सकीना के घर की छाँव। वही सकीना

जो हसीना के गर्भ में थी जब ठोकर मार कर चला गया था। उसमान को क्या कुछ पता होगा? क्या सारी बातें पता होंगी? किसी ने तो कहा होगा इससे कि अहमद मियाँ को बेटी नहीं है सकीना। कहा होगा कि ऐसा कठोर था सकीना का बाप उसमान कि बेसहारा हसीना को मार-पीट कर चला गया। उस दिन तक उसमान ने किसी को मारा नहीं था न ही उसके बाद किसी पर हाथ छोड़ा। मार-पीट करने वाला स्वभाव ही नहीं था उसका। उसमान क्रोधी था, जिद्दी था पर मरने मारने वाला नहीं। असली मैथिल। कैसा कठोर दिल हो गया था कि मार-पीट कर चल दिया मुड़कर नहीं देखा। गहनों की पोटली ली और निकल गया। रास्ते भर कसमें खाता रहा कि हसीना के पास नहीं लौटेगा नये देश में नया व्यवसाय जमायेगा। हसीना खुद अपने पैरों चलकर पाकिस्तान आएगी, आएगी नहीं तो करेगी क्या, जनी जात है। उसमान से जन्मे बच्चे को लेकर आना पड़ेगा उसे। तब न बताएगा।

सीमा पार करने के बाद जीवन में एक बड़ा अन्तर आया। अपने को जमाने की कोशिश में घरेलू बातें भूल गया। अपने साथ लाये धन से उसने एक बड़ा-सा मकान, बाग और तालाब खरीद लिया। पहले से इसके बहनोई ने जुगत भिड़ा रखी थी।

"यह घर यह बाग और तालाब मैंने तुम्हारे लिये पहले से ठीक कर रखा था पसंद आया न? लेकिन तुमने सरहज को क्यों छोड़ दिया?" बहनोई ने पूछा था।

"वो दूजीवा है।" उसमान ने कहा।

"मैं तो थी न यहाँ, ले आते।"...बहिन ने कहा था।

"इस झंझट में अभी कौन पड़ता, वैसे ही तो आने में परेशानी थी। समय पर वह भी आ जाएगी"...उसमान ने बातचीत का सूत्र तोड़ना चाहा।

"दुलहिन आती तो अच्छा रहता। जी लगता। यहाँ ज्यादातर बंगाली हैं नहीं तो मगहिया जो काहे कूहे की भाषा बोलते हैं"...बहन ने अपना असंतोष जाहिर किया।

"आएगी ही, जाएगी कहाँ?" उसके आदमी ने समझाया।

आरा मशीन का काम खूब फल-फूल गया था। नया देश नई दुनिया और नया बसता गाँव शहर ऐसे में व्यापार चल निकला। साल भर बीत गया। एक पत्र साढ़ू भाई का आया कि हसीना ने बेटी को जन्म दिया है। अपनी बीवी और बच्ची को ले जाओ परंतु उसमान टस से मस नहीं हुआ। यूँ वर्ष बीत गये। एक और पत्र आया साढ़ू भाई का कि..."सास का इंतकाल हो गया, हसीना बेसहारा हो गई मैं कब-तक सहारा दूँगा? आखिर लोक लाज है कि नहीं? जवान जहान जनी जात है। आकर इज्जत-इकबाल से ले जाओ तुम्हारी औरत है। तुम्हारी इज्जत।" उसमान ने

उत्तर नहीं दिया। उसमान धन कमाने की हवस में यह भूल गया था कि वह बिना घरनी की गृहस्थी कर रहा है। घरनी हसीना जीर्ण-शीर्ण लहेरियासराय से स्वयं आकर पैर पकड़ ले तो रख लेगा यह विचारता रहा। हसीना को न तो स्वयं आना था न आई। वह भी मान करके बैठी रही। दो वर्ष के बाद एक दिन बहन ने पूछा था...

"क्या बबुआ, दुलहिन को नहीं लाओगे? बेटी भी है वहाँ, बोलो तो कैसे दिन काटती होगी?"

"चूड़ी लहठी बेचकर, और कैसे?"

"ले आओ जाकर।"

"क्यों उसे खुद नहीं आ जाना चाहिए? इतनी जिद अगर एक औरत को है तो वह बैठी रहे।"...बहन को कुछ गंध लगा।

"उसे सजा देने के फेरे में तुम अपने आपको दुख दे रहे हो बाबू। न हो तो ब्याह कर लो।"...उसमान के कानों में यह वाक्य विचार बन कर बैठ गया। सही बात कही बहिन ने। शादी कर लेनी चाहिए। एक ही औरत है क्या दुनिया में? सिर्फ हसीना की टारी (बर्तन) में तेल है? धन-संपत्ति की कोई कमी रही नहीं। उसी वक्त फैसला सुना दिया।

"मना कौऩ कर रहा है, भौजाई जुगाड़ कर लो।"

ढूँढने में देर नहीं लगी। पड़ोस में ही अपने देहात की एक मुसमात थी बिना बाल बच्चों वाली। चट मँगनी पट ब्याह हो गया। उसमान का घर भरा-भरा हो गया। पर, पहले ब्याह वाली रौनक कहाँ? यहाँ दावत बड़ी हुई पर मुर्दनी-सी छाई रही। उसमान ढाका के मलमल की कीमती शेरवानी, अचकन, पाजामा, टोपी और रूमाल से सज्जित हुआ, घुमौआ जूता पहनाया बहनोई ने। जरी गोटा वाले चम्मक वस्त्र में लिपटी आई दुलहिन। आँगन में चूड़ियाँ जरूर खनकने लगीं। रात को घर के अंदर सोने लगा उसमान। बजू के लिए चमचम करते साफ बधना में पानी मिलने लगा। गरम सालन भात पंखा झल कर खिलाने लगी दुलहिन, साल दर साल ब्याउँ म्याउँ से घर भरने लगा। उसमान को अब्बा कहने वालों की कमी नहीं रही सो उसे लहेरियासराय में छूटी बिटिया कहाँ याद रहती? तीसरे वर्ष जब उसमान दुलहिन ले आया था तब दरभंगा के मस्जिद से मुल्ला का फरमान रजिस्ट्री डाक मार्फत मिला. .."साकिन उसमान अली वल्द तैयब अली को मालूम कि बिना खोज खबर के अपनी बीवी हसीना वल्द एतवारी मियां साकिन लहेरीगंज को छोड़ तीन साल से जलावतन हो गये हैं। इस सूरते हाल में हदीस के मोंताबिक अल्लाह के हाजिर नाजिर हसीना बीबी को 'खुल्ला' का हुकुम दिया जाता है।"

रजिस्ट्री चिट्ठी पढ़कर क्षण भर को उसमान का कलेजा बैठ गया। यह क्या हुआ

या खुदा। इसका मान मर्दन हो गया। उसमान का जी छटपटाने लगा। खुल्ला होने के बाद हसीना ब्याह कर सकती है। नहीं नहीं, हसीना उसमान की ब्याहता है, उसमान की संपत्ति। लेकिन उस संपत्ति को बियाबान में छोड़कर आ गया था सो कैसे बची रहती। लेकिन इसकी बेटी? कैसी होगी वह? अब उसमान उसे देखने को तड़पने लगा। अन्य बच्चों को देखकर वह याद आती। ऐसे ही अब्बा कहती वह भी। आह उसका अब्बा आज तक एक कचड़ा चूड़ी भी नहीं पहना सका उसे, एक लेमनचूस नहीं दे सका। इतनी संपत्ति है उसके अब्बा के पास। गाय, भैंस का पूरा बथान है। दूध-माछ से घर भरा रहता है, हसीना की बेटी इसकी पहलौठी भूखी प्यासी मानो बाट जोह रही है। उसमान यही सोचता रहता हाथ में आये काम को खतम कर जाएगा सोचा उसने, उसी बीच ईद पड़ने वाली थी।...ईद के मुबारक मौके पर उसमान ने उस बेटी के लिए 'दो इंची' का ठोस सोने का कड़ा बनवाया। सात गिन्नियों का छड़ गुँथवाया। उसे बगुली में डाल हर वक्त कच्छा में बाँधे रहता। उसमान का विचार था कि बकरीद देस पर मनाएगा। किसी से कहा नहीं था मन ही मन विचार कर रहा था। भीतर ही भीतर पसीज उठा था...हाय, मैंने हसीना को भारी दुःख पहुँचाया। एक तो औरतें जब नई नवेली रहती हैं तो ससुराल जाने से कतराती हैं, यह नया अनजाना दूर देश ठहरा आना कैसे होता? बहुत अन्याय हुआ उसके साथ। ढेर सारा खालिस चाँदी का रुपया ले जाएगा उसमान मुल्ला का पैर ढाढ़ी पकड़कर पूछेगा कि कोई उपाय बताये उसे हसीना फिर से दिलवा दे। जो गलती हो गई सो हो गई फिर नहीं दुहरायेगा।

सोचना विचारना अपनी जगह, अल्लाह ताला की मर्जी अपनी जगह। एक और चिट्ठी ने इसके मनोरथ पूरे नहीं होने दिये। बहिनोई का पत्र था..."उसमान मियाँ के मालूम जे ओकरे तीनों भांजे का सुन्नत है आ जाए। आखिरी पंक्ति लिखी थी ...तुम्हारी बेरुखी से दुखी, खाना खोराक के लिए तरसती हसीना खुल्ला कराने के छः माह बाद तक आसरा देखती रही। तुम नहीं आये। तब अपने ही बहनोई अहमद मियाँ की ब्याहता बन गई। अहमद मियाँ कंधे पर सकीना को बैठाकर लहेरीगंज में 'रौण्ड' लगाते रहते हैं जैसे सकीना उनकी ही बेटी है उसमान की नहीं।"

...बहनोई का जी जलता होगा यह देखकर पर उसमान तो खाक होने लगा। यह कर क्या सकता है? खुद के बोये बबूल वन का काँटा उसे बेध रहा है।

अभी भी वे दो इंची वाला कड़ा और गिन्नियों की माला कच्छा में सिला पड़ा है। थोड़ी अशर्फियाँ भी हैं। वह सब सामने बैठी अपनी बेटी सकीना को कैसे दे उसमान। उसमान इसे कैसे कहे कि वह गुनहगार बाप...जन्मदाता यही है। इसे यदि अपने साथ ले जाता तब क्या होता? कुछ दिन सुख से कटता। 'सुख' शब्द सोचते

ही झुरझुरी उठती। बाप रे बाप, वही सुख जिसकी इतनी बड़ी कीमत चुकानी पड़ी। सारा शरीर सुन्न पड़ गया। वह उठकर बैठ गया, बुदबुदाने लगा...

"या अल्लाह।"

"बाबा, ओ बाबा क्या कर रहे हो?"...हसमत ने पास आकर पूछा।

"कहाँ कुछ? बहुत देर से नहीं देखा। आ गये? और बिटिया कहाँ है।"

"वह नहीं आई वहीं सो गई। मामी ने कहा छोड़ दो। मैं तो चुटिया पकड़कर खींच लाता।"

"अह, तुम्हें कौन काम? रहने दो। अपनी मामी के घर है सो गई तो क्या हुआ।"...सकीना ने टोका।

"मैं भी सोऊँगा" माँ की गोद में मूड़ घुसाकर हसमत बोला। माँ उसके बाल सुहराने लगी। पल दो पल लगे हसमत गहरी नींद में सो गया। उसमान पास खिसककर हसमत का पैर दबाने लगा।

"दिन भर कूदता रहता है, पैर पिराता होगा।"...उसमान ने अपने किए का स्वयं समर्थन किया।

"बेटी, एक बात पूछूँ बुरा तो नहीं लगेगा?"

"पूछो बाबा, तुम्हें अपना समझ लिया है कोई नाजायज बात नहीं पूछोगे।"

"तुम्हारा आदमी अरब में कितने दिनों से है, वह क्या करता है? कब से नहीं आया है? इस दरवाजे पर मैं दो वर्षों से पड़ा हूँ। अब तुम्हारे बेटे की मूँछें आने लगी हैं, बेटी निकाह लायक हुई।"

"हाँ बाबा, सब सच कहते हो पर जितना कुछ तुम पूछते हो उसका जवाब मेरे पास क्या है? मेरा आदमी अरब में दूसरी औरत के साथ रहता है। मुझे छोड़कर बैठा है। बच्चों के लिए भी कुछ नहीं भेजता। कमरू कहता है ब्याह के समय शायद कुछ मदद करेगा मुझे बिना मरद की समझो बाबा। और क्या कहूँ। फिर भी यह अपनी जगह है। मेरा बेटा पढ़-लिख रहा है। अगर बाप की तरह पढ़-लिखकर कहीं नौकरी करने लगे तब भी ठीक नहीं तो मामा के साथ खानदानी रोजगार करेगा। यही दो कोठरी संपत्ति है।"...एक ब एक हसीना ने अपना भूत-भविष्य सुना दियाउसमान को। कोई लाग-लपेट नहीं। उसमान सकीना का सीधा-सपाट चेहरा देखता रहा। बहुत मोह उपजा। "बिटिया, मायके में कुछ हिस्सा नहीं है? अहमद मियाँ तो धनवान..." कहते-कहते चुप हो रहा उसमान। "बाबा, यह कथा नहीं पूछते तो ठीक था।" स्वर मानो गहरी खाई से आ रहा था। उसमान सहम-सा गया। सकीना स्वतः बोलने लगी।

"तुम इतने अपने हो गये हो मेरे ऊपर इतना सिनेह है तो तुम्हें कहने में कोई दिक्कत नहीं है। अब है कौन जिसे तकलीफ होगी, न आमा लोग हैं न बाउ है।"

...सकीना मद्धिम आवाज में बोलती गई।

"ए बुढ़ऊ अहमद मियाँ मेरे अब्बा नहीं थे, मैं तो उनकी 'पिछलगू' बेटी थी अपनी आमा के साथ उनपर थोपी हुई। समझे?"...कहकर चुप हो गई सकीना ऐसे जैसे गहरा भेद बता रही हो। उसमान स्तम्भित-सा सुन रहा था मानों वह कुछ जानता ही न हो। बेटी सकीना अपनी जीवन गाथा जानती है या नहीं? अपनी बीती जिंदगी के प्रति उसका क्या नजरिया है? यह जानना उसमान का ध्येय था।

"तुम्हारा अपना बाप कौन है?"...उसमान अनजान बनने लगा। भय और उत्कंठा दोनों का समावेश था।

"मेरा बाप बंगला देस में है। जब मैं आमा के ओदर में थी तभी उसे ऊद चढ़ गया था पाकिस्तान जाने का। सब बेच-बाच कर चला गया। मेरी आमा को बहुत दुख काटना पड़ा बेचारी तीन साल तक 'बाटो वहिनी' (एक कथा नायिका जिसकी मिट्टी की मूरत बनाकर लड़कियाँ खेलती हैं) की तरह बाट जोहती रही थी मेरे बाप का, फिर खुल्ला करा कर इस अब्बा से ब्याह कर ली। यह बात कम लोग ही जानते हैं क्योंकि अब्बा मुझे अपनी बेटी की तरह प्यार दुलार करते थे। आमा ने ही एक बार कहा था कि मैं देकुली गाँव के लहेरी उसमान मियाँ की बेटी हूँ अहमद मियाँ की नहीं। यह जानकर क्या हुआ? किसी की बेटी होने से क्या होता है, होता है बीवी होने से। बीवी यदि सुपुरुष की हो तो जिंदगानी अच्छी तरह कटती है नहीं तो अपना हाथ डोलाओ पेट भरो।"

"उचित कहा तुमने, अपनी तकदीर तभी तक ठीक कहाएगी जब तक सिरमौर रहेगा। खुद करती हो मिहनत तब दिन कटता है।"

"मेरी जैसी माटी की मूरत की शादी पढ़े-लिखे लड़के से कर दी।"

"हसमत के अब्बा की नानी आमा को बहुत प्यार करती थी। वो बचपन से ही नानी के पास पला बढ़ा, पढ़ाई की। चालाक भी है। नानी के और नाती भी थे। पर इसको अपना वारिस बनाना चाहती थी, शर्त एक ही थी, उसकी पसंद की बहू लाना, सो मुझसे ब्याह कर लिया। आगे जाकर यह भी पता चला कि उसे मेरा किस्सा मालूम.था, आस्ते-आस्ते उसने देकुली की जायदाद का पता भी लगा लिया। ब्याह के पहले लोगों ने बताया होगा कि सकीना देकुली की जायदाद की अकेली वारिस है? बाद को जब असलियत का पता चला तब मुझसे अलग-थलग रहने लगा। ऐ बाबा, वह सीधे-सीधे पैसों का लालची था।"

"ऐसे ही होते हैं लोग। सब लोभी होते हैं बिटिया।"

"सब उतने लोभी नहीं होते।"

"बिटिया, भात पेट भर मिलता है खाने को तो इच्छा होती है तसमई (खीर) ही खाये उसी में अपने पराये, लोक वेद सब छोड़कर बेगाने हो जाते हैं।"

"ठीक कहते हो बुढ़ऊ, मेरा बाप भी आमा के पेट में मुझको छोड़ राज-पाट भोगने चला गया बंगला देस। लौट कर नहीं आया। वहीं खूब धन कमाया, और एक शादी की सुख कर रहा है।"

उसमान का दिल धक-धक कर रहा था। क्या बोले कुछ सूझ नहीं रहा था। उसमान कुछ दिनों तक कमाई करता रहा। पागलों की तरह धन बटोरता रहा सुख कितना बटोर पाया यह क्या बताये अपनी इस बेटी को। आधे समय गुस्से और जिद में अड़ा रहा बाद का समय विपत्तिग्रस्त होकर काटा जैसे कुछ खो गया हो। मति-छिन्नू हो गया था, जिन लग गया था मानो। यहाँ भी तो लोग रहते ही हैं– विक्को मियाँ, कुलसुम, अहमद मियाँ, मदीना और इसकी छोटकी बहिनी तथा जीजा जैसे हजारों लाखों लोग अपनी धरती पर बरकरार हैं। क्या जरूरत थी जाने की? इसका जी कभी नहीं लगा बंगाल में। अपना सारा कुछ ऐसे गँवा देगा सो कहाँ जानता था, क्या कहे उसमान।

"मेरी माँ बहुत सुंदर थी, क्या बताऊँ। नई में...कामिनी सी नारी भूइयां लोटन केश मक्खन जैसी चिकनी, चुल्लू भर तेल माथे में जाँत कर बड़ी आमा केश सुलझाने बैठती तो झरनी फँस जाती।"...उसमान मानो, सकीना की कथा में खो गया...

...मदीना दीदी हसीना को जबर्दस्ती बाँह पकड़कर बैठा रही है हसीना नखरे कर रही है।

"हसीना, क्या बालों में उँगली फँसा कर जूँ बीन रही है, आ तेल चाँप कर झरनी कर दूँ। आ ने।"

"अरी बहिनी, हरदम जूँ का नाम लेती है। चार ही दिन पहले तो खोपा बाँध दी थी, पोखर में डूब देकर नहा लेने से केश भीग गई, पानी घुरघुरा रहा है।"

"छीः छीः भीगा भीगा केश मकहने लगेगा। ला खोपा खोल दूँ"...जबर्दस्ती खोपा का लाल, पीला, हरा, काला, घुंडी वाला काँटा खींचकर निकालती मदीना खोपा खोल लंबी चोटी और पेशानी की बिढ़निया चुटिया खोलने बैठती तो हसीना पूरे आँगन का चक्कर लगा डालती। आँगन के बरामदे पर चादर से मुँह ढँक कर सोने का स्वांग रचे उसमान मियाँ अंदर ही अंदर आह्लादित होता रहता। कितने मनुहार से हसीना का केश खोला जाता। सिर के केश धोकर जब हसीना केश सुखाने बैठती तब लगता काले मेघ उतर आये हैं। काले-कजरारे बरसने वाले मेघ। मदीना का पूरा एक दिन हसीना के पीछे चला जाता। तेल लगाना, केश सुलझाना और एहतियात से कपाल पर की लटों की बिढ़नियाँ चोटी बनाना। उस चुटिया को पीछे के घनेरे केश में पिरो काले नाग-सी चोटी गूँथना। उसे घुमा कर गोल जूड़ा बनाना। सर का पिछला भाग खोपा से भर जाता। उसमान को याद आया हसीना जब गौने

पर देकुली गई थी तब बहिनी ने एक पूरा रुपया खोपा से निकाला था। "बहिनी, तुमने भौजाई का जूड़ा तो खोल दिया अब बाँधोगी कैसे, यह तो कंघी करने ही नहीं देती।"

"देखना बबुआ कैसे मैं कंघी चोटी करती हूँ कैसे जूड़ा बाँध देती हूँ।"...उसमान ने देखा हसीना धेनु गाय की तरह चुपचाप मूड़ गाड़कर कंघी चोटी कराती रही। बहिनी ने आगे से सीट कर पीछे की ओर ऊँची चोटी बनाई, लंबी चोटी में रंग बिरंगे फुदनों वाली डोर बाँधी और लटकती छोड़ दी। आँखें अल्ला मियाँ ने गजब की दी थीं उसमें काजल आँज अधिक मोहक बना दी। आज भी उसमान अपने मन का सन्नाटा भोग रहा है। बूढ़ा जर्जर, सब तरफ से तकदीर का मारा उसमान, लाख की संपत्ति खाक में मिलाकर आया उसमान, जवान-जवान बेटा-बहू, नाती-पोते पचीस साल तक साथ देने वाली घरनी तक की हत्या अपनी नजरों के सामने देखे उसमान को क्या हो गया। अपनी कामिनी हसीना की याद में व्याकुल हो गया बिरही की भाँति। कब इंसान को क्या भोगना पड़ता है? कब मानुस की काया के पिंजड़े में छटपटाता पंछी क्या कर बैठता है कहाँ जान पाता है। पंछी अपनी तेज चोंच से कलेजे पर वार करता रहता है इंसान अपने शरीर के घाव को बिसूरता है। उसमान को जान पड़ता है कि इस बूढ़े लुकाठी उसमान का सारा शरीर हृदय और सोच दो फाड़ हो गया है। आधा शरीर बंगलादेश में रस-बस गया था आधा मिथिला में रह गया था। काली बन्धेज चुनरी में, लाल छींट की कुरती में आँगन बुहारती, चोटी को जूड़ा की शक्ल देती उद्याम यौवनवती हसीना को उसमान लुक छिप कर देख जाता किसी काम में जी नहीं लगता। बार-बार आँगन में किसी न किसी बहाने आता। पिछौड़ा बाँध ढ़िकुल पर पैर की थाप देती हसीना धप्प से धरती पर बैठ जाती। पीछे घूम देखती बहिनी डाँट देती।

"तुम किधर घूम फिर कर चले आते हो बबुआ।"

"पानी भी नहीं पिऊँ क्या? प्यास लगी है।"

"एह, झूठ-मूठ प्यास लगी है, काम करने दो लोगों को।"

"बहिनी, कौन करने वाली है काम, यह चूड़िहारिन आँगन-आँगन घूमकर चटोरी हो गई है। धान कूटना क्या जाने।"

"बबुआ रे, चूड़िहारिन कहीं घर बैठती है? पर कैसा तो जोर की थाप देती है।"

"पैर से ही घूमन्ती है पैर से ढेकुल कूटना है, क्यों न दे?"

"तुम यहाँ से जाओ अब पानी तो पी लिया न।"...उसमान को आँगन से दरवाजे की ओर जाना पड़ता था। जबतक हसीना देकुली में रही एक बार भी उसमान लहेरियासराय नहीं जाता। देकुली गाँव की शेखिन-ब्राह्मणी तक हसीना के रूप की चर्चा पहुँच चुकी थी। लोग देखने आते और तरह-तरह की बातें

कहते चलते।

"अरी मइया कितनी सुंदर है दुलहिन यह जो सर पर चूड़ियों का टोकरा लेकर चलती होगी तो लहेरियासराय के मर्द मानुष कैसे जीते होंगे।"

"वो तो कहो कि समय साल बदल गया है, पहला होता तो महाराज कुमार छोड़ते? महल में ले जाते।"...सुन-सुनकर हर्ष से भर उठता उसमान कि ऐसी दुलहिन मिली है उसे। सचमुच अपरूप हसीना उसकी है, शक शुबहा की कोई गुंजाइश नहीं। हसीना-मंदीना दोनों बहनें जब लहेरियासराय में चूड़ियाँ बेचने निकलतीं तो कोई नहीं टोकता, यह रिवाज था। सुराजी बबू भैया लोग किसी का ऐसा व्यवहार सहन नहीं करते थे। उसमान को पता था कि कचहरी रोड के ऐन मुहाने पर के खादी भंडार में सभी प्रकार के सुराजी जमा होते थे, क्या गरम क्या नरम। ठीक सामने पुस्तक भंडार पर कवि लोग जमा होते थे। यह नहीं पता था कि कौन कवि है कौन सुराजी सब के एक से ही थे। तभी तो फोटो बनाने वाले भी सुराजी थे। उसमान को मालूम था कि उन्होंने हसीना की ढेर सारी तस्वीरें पेंसिल से उकेरी थीं। शायद जो जीवित हों, शायद उनके पास हसीना द्वारा खींची तस्वीर हो। कहाँ खोजे उन्हें, किस प्रकार खोजे। क्या कहना उचित होगा कि "हसीना की तस्वीर दिखायें?" भला क्या कहेंगे वे तस्वीर बनाने वाले। उसमान वर्तमान में लौट आया।

"बता बिटिया, तुम्हारा बाप चला गया पाकिस्तान और अम्मा रह गई यहाँ फिर क्या हुआ? तुम्हें पता है तो बताओ।"

"सब कुछ मालूम है बाबा, कुछ आमा ने कहा था कुछ अब मैं अपने आप समझती हूँ। आमा और मुझमें एक फरक है कि आमा मेरे अब्बा को बहुत चाहती थी, कहती थी कि मेरा अब्बा भी उसे बहुत प्यार करता था उस पर जान छिड़कता था। पर जानते हो, मैंने अपने आदमी से कभी प्यार नहीं किया वह बेगाना की तरह मुझसे कटा-कटा रहता। उसका और मेरा साथ पानी पर छह-छह करते तेल की भाँति था—अलग-थलग। मेरी आमा एक पल के लिए भी नहीं भूली मेरे अब्बा को और मुझे कभी मेरा आदमी याद ही नहीं आता है। ऐ बाबा, इतने से समझ लो न, मेरी आमा के हिरदय में मेरा अब्बा सीसा की तरह चम-चम चमकता था, रूठा मुँह फेर कर बैठा सीसा जिसे वह मन ही मन मनाती रहती। और मैं? मेरे हिरदय में समद मियाँ डर की तरह घुरघुराते बैठे हैं? काली घुरघुराती बिल्ली घात लगाये मानो। बाप रे बाप, कहीं मुझे तलाक न दे दे, कहीं यह बची हुई कोठरी भी बेचनामा न लिखा दे, किसी को कहीं, मुझे और मेरे बच्चों को बेसहारा न कर दे। देखो बाबा, मैं कितनी बड़ी पीड़ा में जीती हूँ।"...सकीना प्याज के छिलके की भाँति अपने आप को परत-दर-परत खोलती जा रही थी। कितने अनजान सत्य उसमान के सामने

उद्घाटित हो रहे हैं। उफ् हसीना के मन में कोई मैल नहीं रहा। सीसा की भाँति चमकते उसमान को बैठाकर रखा था मन में।

"बिटिया, कहा कि तुम्हारा बाप बंगाल गया तो फिर तुम्हारी अम्मा को क्यों नहीं ले गया? कैसा पतित था तुम्हारा बाप छीः।"...उसमान अपने बारे में सकीना का विचार सुनना चाहता था।

"बाबा, बाप क्या चाहता था यह मैं नहीं जानती आमा ने मुझे बतलाया कि अब्बा ने उसे अपने साथ ले चलने की कोशिश की पर आमा जिद पर अड़ गई थी, अक्ल की कमी थी न, जिंदगानी पछताते बीती आमा की। उसने कहा कि जाते-जाते मान-मनुहार करता रहा था मेरा बाप अब क्या करता।"...चुप हो गई सकीना निःशब्द रहा थोड़ी देर उसमान।

"सारी बातें आमा ने कहीं बिटिया?"

"क्यों, तो क्या मैं अपने दिल से कह रही हूँ? निज आमा ने अपने मुँह से कहा मुझे।"

"सकीना, लेकिन तुम्हारा बाप कैसा कठोर था।"

"अब सो तो वही जाने, कौन लड्डू बँट रहा था हम नहीं समझ पाते हैं। गाँव की जायदाद फूफी को लिखकर जो कुछ भी धन मिला समेट चला गया।"

"फूफी से मुलाकात होती है?"

"कभी-कभी आती है फूफी, फूफा को कोई असाध बीमारी हुई थी तब काफी दिन रहना पड़ा था। यहीं मौत हो गई फूफा की, यहीं से मैयत उठी। ऐ बाबा, उस दिन जो मूढ़ी-लइया लेकर आया था वह कौन था? वही तो था फूफी का पोता। कह गया न कि दादी नहीं जाएगी आकर मिल जाने बोली है।"

"अच्छा-अच्छा, वही था मैं मस्जिद गया था इसीलिए नहीं देखा।" ...उसमान का खून जोर मारने लगा। बहिनी जिंदा है। मिल आना चाहिए।

"देख आओ सकीना बुलाया है तो।"

"मैं नहीं जाना चाहती, मुझे कोई सुख-दुख नहीं व्यापता उसे देखकर। उसके पास तो नहीं रहती। मैं उसकी कोई सेवा तो कर नहीं पाती। वो मेरी नजरों से दूर है मर जाएगी तो मुझे कोई फरक पड़ेगा क्या? वह जो मेरा जनमदाता है जिसके रिश्ते से यह मेरी फूफी है वह जिंदा है कि मर गया मुझे नहीं मालूम तब फिर इसके लिए क्या रोना, बताओ?" उसमान का जी हौल उठा। कहीं उसके मुँह से निकल न जाए यह तुम्हारा बाप तुम्हारे सामने है, गुनाह की पोटली कहीं इतनी जल्दी भरे। साँस खींचकर मन ही मन जपने लगा..."अल्लाह-अल्लाह।"

"बिटिया, दो चार दिन गाँव-गँवई घूमने का जी करता है।"

"किस गाँव बुढ़ऊ।"

"यूँ ही कहीं-कहीं।"

"रास्ते देखकर चलना, ट्रक-बस हरहराता घूमता रहता है कहीं दब-दबा जाओगे तो मट्टी खराब होगी।"...उसमान ने सकीना के चेहरे का भाव पढ़ने की कोशिश की। कहाँ कोई भाव था, इतना भावहीन चेहरा तो कभी नहीं देखा। न ही किसी चिन्ता की रेखा न स्नेह की चिकनाई नफरत का लवलेश नहीं। गजब जनाना है, मर्दों के कान काटती है, पत्थर है। उसमान अनुभव करता है समय-समय पर ऐसा ही पत्थर वह स्वयं हो जाता है।

देस बिराना

देकुली जाने में अपना घर खोज निकालने में कोई परेशानी नहीं हुई। बहिनी की बगल तक पहुँच जाने में बच्चों ने मदद की। उसमान को पहचानने वाला कोई जीवित नहीं था।

"बहिनी, में तुम्हारा बबुआ।"...पास बैठ उसमान ने अपने काँपते हाथों से बहिन का सूखा हाथ पकड़ लिया और सहलाने लगा। जर्जर वृद्धा को पहले तो कुछ समझ में नहीं आया जब पहचान उभरी तो विश्वास ही नहीं हुआ।

"हाथ छोड़ रे नट, छोड़। तू कहाँ से आ गया रे ठग, सारी नगरिया लूटकर कहाँ से आया। आज मुँह दिखाई की क्या जरूरत थी? कौन तेरा चेहरा देख अपनी आँख जुड़ाएगी।" बहिन विलाप करने लगी। उसमान उसकी कृशकाया को गोद में समेट कर बोधने लगा। गाँव के दो चार तिलंगे बच्चे जो खड़े होकर तमाशा देख रहे थे ताली पीटते उड़न छू हो गये। अपने घर का कोई बच्चा नहीं था। पोते की बहू चौका समेट अपनी कोठरी में सोई थी। रो धोकर चुप हुई बहिनी फिर पूछा।

"कैसे आए बबुआ, बहिनी से मिलने आये? अनाथ बेटी सकीना से मिले? बिसूरने लगी वो।"

"बहिनी, मैं सकीना के दरवाजे पर हूँ पर उसे अपनी पहचान नहीं बताई है। आज कौन उसे समझाये कि तुम्हारा बाप अचानक आ टपका है। मैं चार-पाँच साल से लहेरियासराय में हूँ।"

"क्यों, क्या हुआ तुम्हारे साथ।"

"कुछ नहीं हुआ, सब ठीक है तुम अपनी कहो।"...उसमान ने सोचा क्यों अपनी दारुण विपत्ति कथा सुना बहिनी का मन खराब किया जाए। भरमाई रहे वही ठीक है।

"दुलहिन को तुमने बड़ा दुख दिया। दुख घर पहचान गया, सकीना का भी वही हाल हुआ। जीवट वाली है बच्ची। दुलहिन का सहारा बहिन-बहिनोई बने इसके तो कोई नहीं है।"

"जीवट वाली है मेरी बेटी बहिनी, पर संग समाज साथ देने वाला है उसी का जीवट है। मैं आ गया हूँ न, अपने जिंदा रहने का मकसद अब मिला है। अपने कमजोर सीना का सहारा बिना पहचान दिये मैं दे रहा हूँ। कुछ धन बचाकर लाया हूँ उसके लिए।" "हाँ बबुआ, अब न जाओ। बेटी के पास रहो।" बहिनी से इच्छा भर बातें कर उसमान लहेरियासराय लौट आया। ताकीद कर आया था कि किसी से इसकी पहचान न बताये बहिन। कोई खोद-वेद करे तो कह दे, था कोई राही-टूही। बहिन इसी बात से संतुष्ट हुई कि सहोदर से मुलाकात हो गई। पहले वाला उसमान अब कहाँ रहा। सकीना उसके कपड़े धो देती, सर में तेल चाँप देती पैर हाथ भी चिकने करती रहती, समय पर खाना देती। शरीर स्वस्थ हो गया था।

"सकीना बीबी, तुमने तो इस बुढ़ऊ को हरिया दिया है मानो ठूँठ में पनकी फूटा हो। ऐसा लगता है जैसे तुम्हारे ससुर आ गये हों इतना ख्याल रखती हो।"

...भाभी जैनब ने देखकर हँसी की थी।

"सच कहती हो, हरिया तो गये हैं बुढ़ऊ, बच्चो से हिलमिल गये हैं। बाप जैसे तो हैं ही।"

"कौन है कहाँ से आया है नहीं बताता है। आज कल तरह-तरह के लोग फिरते हैं, डरना चाहिए।"

"मेरा क्या बिगाड़ेगा। ऐसा वैसा होता तो आज कई बरस से लहेरियासराय दरभंगा में फिर रहा है, तीन साल से तो मेरे यहाँ है।"

"उस टोकरी में रखी लाह की चूड़ी सब क्या बाहर का कोई व्यापारी दे गया है, बहुत बेहतरीन हैं।"...चमकीली शीशे मोती जड़ी लाख की चूड़ियों को देखकर पूछा जैनब ने। वह आश्चर्य से भर उठी थी।

"तुम भी गजब करती हो मैं चलानी लहठी क्या करूँगी। खुद लहेरिन मेरा गढ़ा लोग ले जाते हैं बेचने मुझे क्यों दे जाएँगे।"

"तुम तो ऐसा नहीं बनाती थी कभी।"

"तो सुनो, पटना वाला व्यापारी जो कातिक में आया था उसी से इस बुढ़ऊ ने कहा तुम सीसा-मोती सप्लाई करो एक नंबर लहठी बन जाएगी। व्यापारी सीसा-मोती लेकर आया था बाबा ने जैसे-जैसे सिखाया वैसे मैंने उतार दिया। मुझे बड़ा अचरज हुआ। मैंने पूछा कि तुम लहेरी हो क्या? उसने बताया पचास बरिस पहले कभी लहेरी था। इसी में से बूढ़ी मालकिन के लिए एक-एक जोड़ी रख लूँगी। देखो न भौजी, इस नक्से को व्यापारी दे गया था। बीच में एक चौड़ी लहठी दोनों तरफ पतली यह ले जाऊँगी।"

"ऐ दीदी, बुढ़ऊ कौन जिन है, घर भरने आया है। तुम्हारे चेहरे की रंगत बदलने लगी है। रात को भेष तो नहीं बदलता है।"...मजाक किया जैनब ने। "दुर छिनाल, तुम्हारा दिमाग एक ही तरफ चलता है। बाप की तरह का है बुढ़ऊ।" टोकरी सर पर उठाकर चल पड़ी सकीना बंगाली टोला। चौधरी जी का टूटा-फूटा घर चूना-पट्टी कर नया कर दिया गया था। बिल्कुल सामने एक नया ऊँचा अधबना घर था। आँगन पहले की तरह खुला-खुला फैला सा था। चापाकल उत्तर दिशा की ओर चला गया था। चबूतरा और स्नान घर का स्थान भी बदला था। ढेर सारे लोग आँगन में थे। सकीना और जैनब को वृद्ध ने बरामदे पर बैठा लिया।

"छोकरी हलकान होकर आई है। दिनेश इसे चाय पिलाओ। देखूँ कैसा-कैसा नक्सा लेकर आई हो।"...वृद्धा ने कहा। सकीना ने टोकरी के ऊपर से बायल छींट का टुकड़ा हटाया कि देखने वालियों की आँखें फैली की फैली रह गईं।

"आहा कितनी सुंदर लहठियाँ हैं?"...समवेत स्वर था। वृद्धा कभी अवाक् होकर लहठियों के जोड़ों को देख रही थी कभी सकीना के परम सन्तुष्ट मुँह को। "क्या तुमने बनाया है बिटिया?"...पूछा वृद्धा ने। वृद्धा को पचास वर्ष पहले की एक घटना याद आई। सकीना की माँ हसीना अकेली...एक छोटी टोकरी में इसी प्रकार की सीसे वाली लहठी लाई थी। देर तक बैठी थी। उस दिन आँगन में कोई पुरुष नहीं था सो निःसंकोच होकर बातें करती रही थी। कहा था–

"आज जो लहठी लेकर आई हूँ उसे देखिये कैसी है?"

"बहुत सुंदर, कहाँ की है?"

"हमारे ससुर बनाते हैं, उनकी लहठी सकल परगना पार करती है। खगड़ा मेला, गुलाबबाग और सोनपुर सब जगह। बड़े-बड़े व्यापारी ले जाते हैं। मेमिन लोग भी मँगवाती हैं। यह खास आपके लिए मँगवाई है।"...हसीना शर्माती हुई बोल गई थी। इन्होंने दो-तीन जोड़ी लहठी रख ली। जाते-जाते हसीना की आँखें भर आई थीं। ..."दुलहिन मैं ससुराल जा रही हूँ। पता नहीं फिर कब मुलाकात हो। कहा-सुना माफ करो।"...छुआछूत तोड़ने वाले की पत्नी थी चौधराइन सो आगे बढ़कर हसीना की पीठ सहलाई। अपनी घुँघराली काली लटों में फँसी नीली मीनाकारी वाली चाँदी की क्लिप निकाल हसीना के केश में लगाकर बोली।

"यह मेरी निशानी है गौना के लिए। रोओ मत हसीना, फिर आओगी ही। यही जीवन है। हाँ, चित्रकार जी को तुम्हारे बिना मन नहीं लगेगा।"...इस बात पर दोनों साथ हँस पड़ीं। एक महीने बाद हसीना ससुराल से लौटी तो दोनों बहनें फिर आईं। चौधरी जी खादी भंडार से हटकर बंगाली टोला वाले घर में चले आये थे। चित्रकार जी चले गये थे लहेरियासराय से। चौधराइन अक्सर मजाक करती...

"हसीना, तुम्हारा मरद जल मरेगा यदि सुनेगा कि चित्रकार जी की सभी तस्वीरों में तुम्हारी ही आँख हैं।"

"उसे पता है दुलहिन, मैंने बता दिया सब कुछ।"...हसीना हँसकर कहती। वृद्धा को सब याद आ गया पल भर में।

"सकीना, यह लहठी इधर बनना बंद हो गया था। मेरी समझ से इलाके भर में एक ही कलाकार था इसका वह पचास साल पहले मर गया। और उसका बेटा...। उसका बेटा चला गया कहीं। फिर कैसे बनाया तुमने?" सकीना का दिल धड़कने लगा, "कौन था मैंया कौन था वह बनाने वाला आप उसका पता जानती होंगी।"

"बिटिया नजदीक आकर बैठ, वह तेरा दादा था।"...धीमे स्वर में कहा वृद्धा ने। उस स्वर को मात्र सकीना ने सुना। अब उसका किसी काम में मन नहीं लग रहा था। लहठी देकर पैसे गिने और घर आ गई। घर में कोई नहीं था। बूढ़ा बाबा पोरो साग की लतर को लकड़ी का सहारा लगाकर छप्पर पर चढ़ा रहा था।

"आ गई बेटी, लहठी सारी बिक गई।"

"हूँ।"...चुपचाप हुंकारी भर कर बैठ गई सकीना।

"बाबा, तुमने कहाँ से सीखा लहठी का यह डिजैन?"

"इसी बात पर उदास हो, किसी ने कुछ कहा क्या? जरूर किसी ने कहा होगा कि लहठी चलानी है। है ना।"

सकीना ने अस्वीकार में सर हिलाया। "तुम कौन हो बुढ़ऊ?"–पूछा।

"अरे, मैं हूँ भगेड़ू। बहुत दिनों तक पूर्णियाँ रहा। वहीं एक लहेरी को इस तरह की लहठी गढ़ते देखा था। वह लहेरी अच्छा कारीगर था। मैं भी तो हूँ लहेरी का बच्चा। इलम सीखने में समय कहाँ लगता है। अब देखो, मैंने तो सिर्फ तुम्हें तरीका बताया, बनाया तो तुमने ही न। तुम हो ही एक नंबर लहेरिन, है न बिटिया।" ...उसमान ने मुलम्मा चढ़ाया। सकीना का शक दूर हो गया।

"मैंया ने कहा कि इस नमूने की लहठी मेरे दादा बनाते थे, यदि मेरे बाप जानते भी होंगे तो वो कहीं खो गये।"...सकीना ने बताया। उसमान हँस पड़ा। उसे भान हुआ...इसे कहते हैं "ग्राहक की नजर।"

"बेटी, तुम्हारे दादा बनाते थे अब तुम बनाती हो। कितनी अच्छी बात है–अपने खानदान का इल्म जिंदा रखना बड़ी बात है...सवाब की बात है"...सकीना का मन हल्का हो आया। इसे इस बात का गर्व हुआ कि अपने कुल में एकमात्र यही औरत होकर दादा का नाम रौशन करेगी, कारीगरी से बाजार भर देगी। अपने मन की बात सकीना ने उसमान से कही। उसमान हँसने लगा...भावातिरेक के कारण हँसते-हँसते रोने लगा वो, कि सकीना ने उसे डाँट दिया।

"ऐ बाबा, बड़ा औरताना तरीका है तुम्हारा रोने लग जाते हो बात-बात में, असली बंगाली हो गये हो। श लगाकर बोलना भी सीख लिया है।"...उसमान ने आँसू पोंछ लिए। मन ही मन सोचने लगा...मेरी इस पत्थर बेटी का 'बल' क्या है? यह इतनी स्थिर क्यों है? बहुत सोच विचार करने पर पाया कि इसकी जड़ें ही इसका बल है यह अपनी धरती पर है, अपना आकाश है अपने संग-समाज के समर्थन से है बलशाली। अपने दादा के नाम की पहचान है, अपना गाँव है अपना यह नगर है...चुनांचे पूरा देश है इसका। उसमान और अभागे समद उल्टे टँगे हैं। ऐसे ख्यालात आते ही इसके हाथ दुआ के लिए उठ जाते हैं।..."या अल्लाह, इसके बच्चों को इसकी तरह, मेरी तरह की पीड़ा न देना।"

"बिटिया, बेटी ब्याह की फिक्र का समय आ गया है।"...सयानी होती सकीना की बेटी को देखकर निश्चिंत सकीना से पूछा एक दिन।

"करूँगी बाबा, समय आने पर करूँगी। अभी चौदह साल की है थोड़ी और बड़ी हो जाए।"

"दूल्हा देखना होगा न।"

"खोज लिया है दूल्हा ऐ बुढ़ऊ।"

"कहाँ बिटिया?"

"अरे कमरू के बेटे को देखा है न।"

"इतना नजदीक ठीक है?"

"दूर में क्या ठीक रहा? मेरे साथ क्या अच्छा रहा? मेरी आमा के साथ क्या हुआ? नाता रिश्ता है तो लाज रहेगी आँखों में। मेरे भाई का बेटा तेज है। कमरू को इनके बाप से दोस्ती है। समझे? शादी के खर्चे की बावत इनकी बातें हो गई हैं।"

"कब हुई बात?"

"पिछली बार जब इनका बाप आया था।"

"मैंने नहीं जाना।"

"तुम क्या करते जान कर? मैं मिलने भी नहीं गई। वह मुझे देखने तक नहीं आया। कमरू ने बातचीत कर ली जाकर। ऐसा लगता है मोटी रकम भेजेगा कमरू को। जैनब को मेरी बेटी पसंद है बाबा, जैनब आमा की सुपारी कुलसुम मौसी की बेटी है। पहले से देख सुनकर पसंद से शादी हुई तो कितना अच्छा है बड़ा प्रेम है दोनों में।"

"तय हो चुका है तो ठीक है।" बूढ़ा चुप हो गया।

"तुम तो पुराने आदमी हो न, पुरानी बात सोचते हो।"...कहकर सकीना हँस

पड़ी। उसमान को एक तरह से यह सब अच्छा लगा। सकीना की निश्चिंतता का अर्थ समझ में आ गया।

"बेटी तुम्हारा निरमोही बाप जब पाकिस्तान चला गया तुम्हारी अम्मा को छोड़कर तो फिर पीछे से वो भी क्यों नहीं चली गई तुम्हें लेकर? कुछ बताया क्या?" ...प्रतिदिन एक बार उसमान वह प्रसंग छेड़ देता।

"ऐ बुढ़ऊ, बेचारी क्या जाने बंगाला किधर है। कोई भाई-बाप तो था नहीं कि पहुँचा आता। ससुराल में कोई देवर भी नहीं था। मेरे बौराये बाप को ही चाहिए था कि ले जाता। आमा का क्या अपराध था? औरत का अपराध बहुत छोटा होता है सिर्फ रूठने का सो भी विरथा गया। आमा ने सुना कि अब्बा वहाँ दूसरी शादी करके एक औरत को घर में बैठा लिया है तब उसका दिल बैठ गया।" आमा ने मुझे बताया था।..."बेटी दिन पहाड़ हो गये। काटे नहीं कटते। अक-बक नहीं सूझता, अँधेरा घिर आया था।"...थोड़ी देर के लिए मानो सकीना अतीत के उस घुप्प अँधेरे में खो गई। गह्वर से बाहर होकर कहा उसने...

"डुबाने वाले को ऊपर वाले ने गढ़ा है तो उबारने वाले को भी उसी ने बनाया। ऐसा नहीं है तो यह दुनिया चलती है कैसे? मदीना जो मेरी बड़ी आमा थी उसे बाल-बच्चे नहीं हुए। मेरे अब्बा ने अपने मुँह से तो नहीं पर बड़ी आमा की मार्फत पैगाम पर पैगाम भेजा। हार कर आमा मान गई, शादी कर ली। बेमन से ही सही बड़ी आमा की सौत बन गई आमा। लेकिन कभी बड़ी आमा और आमा में बाता-बाती होते नहीं सुना किसी ने। बहुत प्यार था दोनों में। बड़ी आमा बहू की तरह सँभाल कर रखती आमा को। नई साड़ी कभी बड़ी आमा नहीं पहनती। पूरा एक महीना आमा नई साड़ी पहन लेती तब बड़ी आमा देह लगती।"...उसमान सकीना के मुँह से सब कुछ सुनता रहा। मानो वह भी अंधकार में खो गया। अंधकार की गहरी लंबी नदी बह रही हो मानो न कोई नाव न घटवार। अथाह जिद की धारा के आर-पार दोनों खड़े रहे जीवन भर पीठ फेर कर। जैसे उसमान अपने आरा मशीन पर बैठा है, वह मशीन घर-घर कर आरी चला रही है इसके कलेजे पर। ना कलेजा दो फांक होता है ना मशीन बंद होती है। उसमान ने बंगलादेस के किसी का कुछ नहीं बिगाड़ा था। कभी किसी बंगाली को दुख नहीं पहुँचाया था लड़ाई के समय यह पढ़ा-लिखा तो था नहीं कि उर्दू जुबान बोल सकता। किसी प्रकार टूटी-फूटी हिंदुस्तानी बोल लेता। बंगाली पड़ोसी जानते थे। जिस रात यह सपरिवार भागा था उस रात राह रोक कर कत्लेआम करने वाले सभी अनचीन्हे बलवाई थे जिसके आगे सब बराबर हैं अच्छे बुरे सभी। बंदूक की गोली को कहाँ पता कि कौन क्या है जिसके सीने से पार होगा वह मरेगा। ऊपर वाले को सब पता है। इसने एक

जघन्य पाप किया था उसी अपराध का फल मिला। बसा बसाया संसार नष्ट हो गया। आज ऐसा जान पड़ता है कि इसने किसी को कोई दुख नहीं दिया शायद उसी का सुफल है कि सब कुछ खोकर 'कुछ' पा गया है। कितना संतोष मिल रहा है। सकीना के हाथ का पकाया हुआ खालिस मैथिल माछ भात खाता है नाती नतिन का सुख भोग रहा है। मस्जिद छोड़ कहीं नहीं जाता। इच्छा होती है कि बेटी को अपने पास रखे सोना चाँदी दे दे। कह दे कि इसे तुम रख लो, मेरा कोई नहीं है। फिर डर जाता कि यह सकीना नाम की औरत बड़ी खुद्दार है, डंडा मार कर भगा न दे। सो बड़ा बुरा होगा।

अतीतगामिता का रोमांस

बंगाली टोला के चौधरी जी का मकान। दीवार से लगी अलमारी में लहठी के जोड़े चमक रहे थे, हीरा-मोती की छटा उपस्थित थी। वृद्धा की आँखें उन पर जमी थीं। निकट ही विवाहेच्छु पोती थी।

"दादी माँ, यह लहठी बहुत सुंदर है कीमत में भी कम है, पटना में यही लहठी बहुत महँगी मिलती है। ये लोग भी जयपुर और हैदराबाद की तरह का लाख का सामान बना सकती हैं न"...उसने पूछा।

"क्यों नहीं बना सकेगी? इसी सीसा और लाख-चपड़ा के सहारे सब कुछ बनता है। इल्म सीखने की देर है। कलाकार कुछ भी कर सकते हैं। मैं इस अचरज में पड़ी हूँ कि सीसा वाला पुराना काम कैसे इसके दिमाग में उपजा।"

"दादी माँ, दोनों चूड़िहारिनें कितनी सुंदर हैं?"

"सकीना को देखा? आँखें तो बिल्कुल माँ पर गई हैं, उसकी माँ हसीना याद है? अरे वही हसीना मदीना चूड़ी वाली जो तुम्हें पहनाने आती थीं बचपन में चूड़ी।" पोती हँसने लगी।

"दादी माँ तुम्हारे मुँह से उसकी चर्चा सुन रखी है। मेरे जन्म से पहले वह मर गई। बचपन में वो बुआ जी को चूड़ी पहनाने आती होगी।"

"हाँ-हाँ, मैं भूल जाती हूँ उसे ही पहनाने आती थी। तुम्हारी बुआ क्या कभी ठीक से चूड़ी पहनती थी, बहुत तंग करती थी। हाँ उसकी बड़ी बेटी की छट्ठी में कचड़ा चूड़ी वही पहना गई थी, उसके बाद मुलाकात नहीं हुई।"

"हसीना की चर्चा हरदम करती हो दादी माँ उसकी कथा सुनाओ न।"

"हसीना की कथा कई बार सुन चुकी हो कि महारथी जी उसका रेखाचित्र खींचते थे बैठाकर।"

"हाँ दादी माँ वह भी तो सुनाया था न, कि गौतम सिद्धार्थ के महाभिनिष्क्रमण के पश्चात गोपा का गहना खोल कर धरती पर फेंकते जाने का महारथी जी का प्रसिद्ध चित्र जो है उसकी प्रेरणा और करुणा का व्यक्तिगत दर्द है। दर्द की वह अभिव्यक्ति हसीना ने क्यों की?"

"उसे क्या हुआ था?"

"होगा क्या? इस सकीना के बाप को दीवानापन सवार हुआ था उसने अपनी जायदाद बेची और पाकिस्तान चला गया। इसे भी चलने को कहा था यह नहीं गई तब शायद उसने अपना दिया हुआ गहना माँग लिया। इसने सारे गहने दे दिए। बेचारी, माँ बहन और सारा समाज पहलौठी गर्भिणी से छोड़ा जाता है? पति के जाने के बाद होश आया। क्या करती बेचारी। रात-दिन रोती रहती। दूल्हा दूसरी दुल्हन ले आया था। मन ही है, शांत हो गया आस्ते-आस्ते। बड़ी बहिन मदीना के साथ फिर चूड़ी बेचने आने लगी। मदीना ने अपने आदमी से उसकी शादी कर दी सन् पचास बावन का समय रहा होगा। महारथी जी गाँव-गाँव जाकर कला-वस्तुओं का संग्रह करते, कमलादेवी चट्टोपाध्याय भी उस बार उनके साथ थीं। एक रात यहीं ठहरे थे वे लोग। हसीना से मिलना चाहते थे। खबर भेजकर बुलवाया था। वह अकेली आई थी टोकरी में कुछ चूड़ियाँ थीं। चेहरे पर उम्र आ गई थी पर वही चतुर्दशी के चाँद-सा मुखमंडल, कानों में लंबी-लंबी अनेक बारियाँ, नाक में बेसर तथा पँचफुलिया बुलाक।"...बोलते-बोलते चुप हो गई।

"क्या हुआ चुप क्यों हो गईं?"

"मैं सोचने लगी कि हसीना मेरी समवयस्क होनी चाहिए तो इतनी जल्दी मर कैसे गई।"

"कोई बीमारी होगी।"

"नः, सुना कि रात में सोई तो सोई ही रह गई। पहले से मदीना बीमार थी। उसने सकीना से कहा आमा को जगा दो, सुबह हो गई। सकीना ने देह छुआ और रोने लगी। मदीना अवाक् होकर चुप हुई सो फिर नहीं उठी। दोनों बहनें कहो कि मिट्टी में साथ ही मिल गईं।"

"सच्ची कथानायिकायें थीं दादी माँ, तुम लोगों की जिंदगी में ढेरों कथानायिकायें आईं।"

"अपने-अपने समय के अनुसार नायक-नायिका होते हैं जैसा समय वैसी ही नायक-नायिका।"

"कमलादेवी चट्टोपाध्याय ने लाख का बाला खरीदा। महारथी जी ने पूछा—मुझे पहचानती हो हसीना?" उसने कहा—"क्यों नहीं पहचानूँगी, आप वही कवि हैं न, चित्र बनाने वाले।"...शरमा गई थी हसीना। टोकरी सामने रखे हसीना मुझे चूड़ियाँ पहना रही है, ऐसा एक चित्र उकेरा था महारथी जी ने, उस चित्र को कमला बहन देख चुकी थी। महारथी जी ने उन्हें याद दिलाया—"अब स्वयं देखिये बहन जी मिथिला कला की रंगभरी तस्वीर है न हसीना? यही है मेरी प्रेरणा। इसी से पूछकर

प्राचीन गहनों के नाम लिखे थे मैंने यह खूब पहनती थी।" महारथी जी की नजर गई छूछे कान, नाक और गले पर...क्या हुआ तुम्हारे गहने कहाँ गये?...सुनकर उदास हो गई हसीना।

"अब इसके पास वे गहने नहीं हैं।" मैंने कहा था।

"क्यों क्या हुआ?"

"इसका पति पाकिस्तान चला गया। उसके यहाँ का जो सामान था वह ले गया। हसीना जाना नहीं चाहती थी, सेर-सेर भर के चाँदी के गहने रुपये भर के सोने के झुमके दे दिये उतार कर।"...मेरी बात सुन हसीना निःशब्द रोने लगी थी। महारथी जी का कलाकार द्रवित हो उठा। कमलादेवी ऐसी ढेरों स्त्रियों के आँसू पोंछती रही हैं। हसीना के चले जाने पर महारथी जी ने मधुबनी की ओर जाने से पहले कहा था..."भौजी, इस हसीना का वही हाल हुआ है जो सिद्धार्थ के महाभिनिष्क्रमण के बाद गोपा का हुआ था। ऐसी ही वंचिता रही होगी यशोधरा न?"...मैं उसका क्या उत्तर देती कलाकार की दृष्टि, उनकी आत्मा कालजयी होती है, दुख, शोक, पीड़ा की सीमा कलाकार निर्बंध भाव से त्रिकाल में व्याप्त देखता है। अहर्निश जो एक दिवा-रात्रि बीतती है उसी में संपूर्ण युग का आभास सूर्य-चंद्र-तारिका में ब्रह्मांड की स्थिति और एक ऐन सामने खड़े मनुष्य में भूत-वर्तमान-भविष्य की स्थिति देखना इन कलाकारों के वश की ही बात है। यही है कलाकार की प्रेरणा कथा।

"दादी माँ, हसीना की बेटी सकीना जो हमारे सामने है इसका पति भी इसे छोड़ गया है यह खुद अपना और अपने बच्चों का पेट पाल रही है परिश्रम करके, परंतु इसे किसी कलाकार की कूची और रंग की प्रेरणा बनने का सौभाग्य नहीं मिला न।"

"यह तुम कैसे जानती हो कि इसे किसी ने किसी रूप में नायिका बनाया या नहीं। महारथी जी के चित्र की प्रसिद्धि है उनकी इस प्रेरणा के बारे में या ऐसे ही दो चार जने जानते होंगे बस। प्रत्येक स्त्री अपने आप में नायिका होती है। कलाकार, लेखक, चित्रकार, निर्देशक की दृष्टि चाहिए।"

"इस नई कथा में रस नहीं है दादी माँ। अच्छा बताओ, क्या तुम्हारी इस कथा नायिका ने कभी अपना चित्र देखा?"

"क्यों नहीं, महारथी जी सामने बैठकर पेन्सिल से रेखाचित्र बनाते और तुरंत दिखा देते। कुछ रेखाचित्र उसके पास होने चाहिए।"

'महाभिनिष्क्रमण' का रंगीन चित्र नहीं देखा था। तुम्हारी बुआ की बड़ी बेटी के जन्मकाल में उसने सुना कि हम आये हैं तो आई थी आखिरी बार। आते ही कहा था।

"दुलहिन, बहुत दिनों बाद आई हो, कहाँ खो जाती हो।"...मदीना थी।

"क्या करूँ मदीना जीविका यह घर नहीं देगा न।"

"यह तो है।"...चूड़ी की टोकरी खोल कर बैठ गई। "तुम्हारी बुआ ने ढेरों चूड़ियाँ खरीदी थीं। तुम्हारी माँ की शादी होने वाली थी सो लहठी भी खरीदी। दोनों बहनों की खाली कलाई देख पूछा था मैंने कि अहमद को क्या हुआ था कि चल बसा?"

"जाने वाले को रोकने वाला कौन है दुलहिन, पेट में रुपया भर कर दरद उठा अस्पताल के रास्ते में ही दम तोड़ दिया।"...मदीना ने कहा, हसीना दीवार की ओर छलछलाती आँखों से देख रही थी। मन में आया...आह बेचारी हसीना ब्याहुल दूल्हा के जीते जी विधवा हो गई। लहठी चूड़ी खरीदने में सब भूल बैठी। वही आखिरी भेंट थी। उससे पहले एक बार आई थी, देर तक बैठी थी चबूतरे पर। खादी भंडार पर जमकर प्रतिदिन बैठने वाले सुराजी, कवि, चित्रकार सबों के विषय में पूछती रही थी। उसी समय महारथी जी के संबंध में पूछा था—"दुल्हिन कवि जी से मिली कभी इधर"...मैं कहाँ मिली थी परंतु मुझे पता था सो मैंने बताया..."वे बड़े नामवर चित्रकार हो गये हैं। देश-विदेश में नामी समझी, अक्सर बाहर भीतर जाते-आते रहते हैं।"

"अच्छा, अब वे भी गंभीर हो गये, मुझसे चूड़ी पहनते थे, बौराये से थे।" हँसने लगी थी हसीना।

"वे तो गंभीर आदमी थे ही हसीना, तुम्हारा चित्र बनाना चाहते थे सो उतनी देर किसी बहाने से रोक कर तुम्हारा हाव-भाव देखना चाहते थे। जानती है, तुम्हें देख उन्होंने गौतम बुद्ध की स्त्री का चित्र बनाया था, तुम्हारा भाग्य।" मैं उसे समझाती रही—"उनके चित्रों में हसीना चूड़ीवाली नहीं थी उसके भाव थे, उसकी आँखें थी उसकी छाया थी, समझी।"...वह समझ पाई या नहीं—नहीं जानती। कहा जरूर..."मैं समझ गई।"

परत-दर-परत दिनानुदिन उसमान किस्सागोई के अंदाज में सकीना की मनःस्थिति खोल रहा था एक दिन उसने पूछा..."तुम्हारा बाप कभी पाकिस्तान से आया नहीं क्या? ऐसा नहीं है कि जो गया वो आया नहीं।"

"नहीं आया शायद, मेरी फूफी की आँखें उसकी राह देख रही हैं ...कहाँ आया... सकीना को याद आया कि इसके ब्याह के समय उसे बुलाने की चर्चा चली थी पर अहमद मियाँ अड़ गया था...जाने दो, जिसे कोई वास्ता नहीं उससे क्या नाता-रिश्ता।"...लेकिन यह बात सकीना इस आदमी से नहीं कहेगी। यह क्यों इतनी बातें पूछता है। उसकी ओर वक्र दृष्टि से देखा सकीना ने। "बाबा, बेमतलब

की बातें न पूछो।"...उसमान सिटपिटा गया इतनी हड़बड़ी ठीक नहीं, जीवन बिता कर आया है देस, आते ही हवाई जहाज उड़ाने लगा। यह लड़की भी शोणित का दंड भोग रही है। नहीं तो ऐसे भगेड़ू को कौन अपने दरवाजे पर बैठने देता है। नः अब कभी नहीं पूछेगा इससे बहुत पूछने पर क्लेश होता है। घाव जिंदा हो जाता है। अपना घाव जगजाहिर करने में बहुत दुख होता है लोगों को। अगल-बगल से शाम होते ही गाने-बजाने की आवाज आने लगती। घर-घर में सिनेमा चलता। अब सिनेमा लोग घर बैठे-बैठे देखते। सब साथ बैठे रहते। बाप-बेटा, बेटी-दामाद, सास-बहू सब। लाज संकोच छूट गया है। उसमान को याद आया वह भी एक बार हसीना के साथ सिनेमा देखने गया था। बहुत सुंदर सिनेमा था—"दिल्लगी।" कई बार देख चुका था उसमान उस सिनेमा को। हसीना को कई बार कहा था कि..."क्या बताऊँ सुरैया कितनी खूबसूरत है? तुम उससे एक जर्रा भी कम नहीं हो पर चलकर देखो, सीख लो उसकी अदायें और नखरे फिर देखना वो तुम्हारे सामने पानी भरेगी।" हसीना को हँसी आती—कहाँ सिनेमा वाली सुरैया, कहाँ देहाती हसीना। उसमान ने कई बार कहा था कि कम से कम उसके सामने झुल्ला-कुरती छोड़ नई डिजाइन वाली अंगिया पहने। पर उसने ऐसा किया ही नहीं। बहुत कोशिश से हसीना सिनेमा देखने गई। दिन में संकोच होता तो रात में गई। टिकट उसमान ने पहले से कटा रखा था। हसीना उसमान से बराबर कई गज की दूरी बनाकर किसी प्रकार चलती-चलती हाल में पहुँची। हाल की कुर्सी पर घूँघट में बैठी रही। उसमान ने उसका हाथ पकड़ा तो देखा सर्द पसीने से लथपथ थी। पता नहीं उसने सिनेमा देखा कि नहीं, एक शब्द भी नहीं बोली। रात में लौटकर चुप बिस्तरे पर लेटी रही। उसमान के टोकने पर भी कुछ न बोले। दूसरे दिन कहा..."अब मुझे न ले जाना कभी सिनेमा सो सुन लो। छीः वह सब क्या भली औरतों के देखने लायक है? इतने सारे लोगों के सामने औरत-मर्द कैसे-कैसे कर रहे थे। दुर।" हँसने लगा उसमान। "अभी इस समय—कहाँ तो सिनेमा नौटंकी भले घर के लोग नहीं देखते थे कहाँ अब घर-घर सिनेमा हाल बना है।" "बिना बात के हँस रहे हो बुढ़ऊ क्या हुआ?" सकीना ने पूछा। "घर-घर टेलीविजन देखकर याद आया कि पहले सिनेमा देखना बड़ा कठिन काम था। गाँव जवार से सपनी गाड़ी में कपर कोट लगाकर चढ़कर आतीं बड़े घर की औरतें। लहेरियासराय में रहने वाली औरतों ने भी सिनेमा कहाँ देखा। वे ही बूढ़ी-पुरानी माई जी लोग अब घर में ही पोता-पोतियों के साथ सिनेमा देखती हैं।" "अच्छा हुआ। पहले सिनेमा देखना बड़ा झंझटिया था। आमा हमें नहीं जाने देती। ब्याह होने पर कई एक बार गई थी। तब आमा मना नहीं करती थी। मेरी आमा एक बार मेरे बाप के साथ सिनेमा देखने गई थी ऐसा कहा था उसने। पहली बार मुँह आँख ढँक कर

बैठी रही थी बाद में कभी जाने की हौंस नहीं रही उसे। उसके सारे अरमान मेरे बाप के साथ चले गये। मैं कहूँ बाबा, औरतों का मन ही वैसा होता है। सिर का मुकुट हट जाए दुनिया वीरान हो जाती है। मरा हुआ और भागा हुआ एक सा होता है।"
...सकीना उदासी के घोर जंगल में चक्कर काटने लगी।

कहाँ से आये हो

"बहिन, बहिन हो?"...कमरू आकर चटाई पर बैठ गया।

"ऐं, किधर से सूरज उगे आज। तुम किधर से?"...सकीना ने अगवानी की पर वैसी ही गाल पर हाथ धरे बैठी रही।

"तुम्हीं लोगों के काम में लगा रहता हूँ, तुम कभी आती हो?"...उल्टा प्रश्न दाग दिया कमरू ने।

"अच्छा, बता किसलिए हौआया हुआ आया है?"

"आया तो हाल समाचार लेने, पर एक और इरादा था सो समय निकालकर आया। जैसे फिरोजाबाद से हम चूड़ियाँ लाते हैं वैसे ही लोग हमसे लहठी ले जाते हैं। अब तक हम लहठी गुलाबबाग, खगड़ा, सोनपुर और पटना बाजार भेजते हैं। मैं चाहता हूँ कुछ नमूना लेकर पछिमा व्यापारी पटाया जाए। इधर तुमने जो सीसा मोती वाला लहठी गढ़ा है वह बहुत बेहतरीन है। तुम कल शाम तक कुछ नमूने तैयार रखना मैं परसों अलस्सुबह निकल जाऊँगा। अच्छी आमदनी होगी। यही कहने आया था।"...उठकर खड़ा हो गया।

"बैठ कमरू, इतने दिनों बाद आया है मेरे हाथ का चाय-नाश्ता किए बिना चला जाएगा।"

"बहुत काम है बहिन।"

"वह होगा ही। तुम्हें लहठी वाली बात कैसी जँची।"

"अरे तुम्हें पता है कि तुम्हारी यह नई काठ की लहठी ने मार्किट में हल्ला बोला हुआ है। मैंने उसका नाम रखा है–'नगीना'। ठीक है न नाम।" सकीना उत्फुल्ल भाव से भाई को देखती रही। अब उसमान की बारी थी।

"वाह, बिल्कुल सही नाम रखा बबुआ।"

"सलाम बाबा, तुम ही रहते हो यहाँ। पहले मस्जिद में थे।"

"हाँ बेटा, तुम्हारी बहिन ने कहा चले आने को। मेरा क्या, कहीं दिन काट लूँगा। यह अपना घर है।"...सकीना चाय का सरंजाम करने लगी। टीन का डब्बा खोल मोटा देसी बिस्किट निकाला और ताम चीनी के प्लेट में डाल कर कमरू के सामने रखा, तीन मगों में चाय ले आई। फिर बैठ गई।

"कमरू, यही बुढ़ऊ है जिनने सीसेवाली लहठी बनानी सिखाई।"

"ऐं, तब तो तुम लहेरी हो बाबा?"

"बेटा, लहेरी हूँ तभी तो लहेरिन के घर पर बैठा हूँ।"

"तुम तो बंगलादेश से आये हो। तुम्हारे बारे में कोई कह रहा था कि पुरनिया कैंप से खिसककर चले आये हो। तुम्हारा रजिस्ट्रेशन पुरनिया के रिफूजी कैंप में हुआ होगा।"...कमरू की बातों पर वृद्ध बिल्कुल चुप हो गया। सकीना कभी उसमान को कभी कमरू को देखने लगी। उसे कुछ समझ में नहीं आया...कैसा रिफूजी कैंप, कैसी रजिस्ट्री। उसे लगा यह जरूर कोई कानूनी झंझट है।

"बेटा, पुरनिया में था कि कहाँ, सो मुझे याद नहीं। कहाँ से कैसे आ गया। वह भी याद नहीं। हाँ टीसन पर जैसे तैसे आ गया। वहाँ जो गाड़ी खड़ी थी उसका नाम लोग ले रहे थे 'जानकी एक्सप्रेस' नाम के कारण मन में आया यह गाड़ी लहेरियासराय जाती होगी और उसमें चढ़कर बैठ गया। दरभंगा उतर गया। मैं कहीं तो नहीं जाता। पहले मस्जिद में था अब इस नेक खातून के घर। रजिस्ट्री की क्या लेकर बैठ गये, मुझे चुपचाप मर जाने दो।"...उसमान दयनीय हो चला था।

"मैं कौन होता हूँ तुम्हें रखने वाला और कौन हूँ भगा देने वाला। लेकिन बाहरी आदमी यूँ ही नहीं रह सकता है, वह भी इस जमात का पाकिस्तान रिटर्न? नः इससे हमलोग भी चक्कर में फँस जाएँगे। तुरत शक-शुबहा होने लगेगा। तुम्हारा रहना हमलोगों को भट्ठी में झोंक देगा बाबा।"...कमरू धीमी आवाज में कठोरता से यह सब कह रहा था। सकीना से रहा नहीं गया।

"कमरू, ये तो तीन-चार सालों से लहेरियासराय में हैं, आज ऐसा क्या जुलुम हो गया? तुम्हें भी बात का बतंगड़ बनाना खूब आता है। यह बेचारा तुम्हारा या किसी का क्या बिगाड़ रहा है?"

"बहिन, तुम हो जनीजात, तुम्हें क्या पता कोर्ट-कचहरी, राजा देव। यह सच है कि दूसरे देश का आदमी वह भी पाकिस्तान का आदमी यूँ ही नहीं रह सकता। इतने दिनों से बाबा हैं यह मैं भी जानता हूँ किसी की नजर नहीं पड़ी है। कहीं किसी को सुन-गुन लग गया तो बंटाढार हो जाएगा। बेकार की फजीहत।"

"बबुआ, यह कहने की क्या पड़ी है कि मैं बंगलादेश से आया हूँ। क्या किसी गाँव देहात से लोग नहीं आते हैं? कितने लोग सड़कों पर, मोसाफिरखानों या मस्जिदों के बरामदों में मर जाते हैं।"...वृद्ध कातर हो आया।

"हाँ बबुआ, क्या जरूरत है किसी को बताने की, हटाओ।"...सकीना कथा समाप्त करने की गरज से बोल उठी।

"मैं किसी से क्यों कहूँ परंतु तुम भी मत कहना। अच्छा बाबा, तुमने जो लहठी का नमूना सिखाया था वह बनेगा। किसी से यह न कहना कि नमूना किसने

सिखाया। कहना व्यापारी सामान दे गया वही कला भी सिखा गया।"

"मुझसे कोई पूछेगा तब न, कोई नहीं पूछेगा।"...सकीना ने कहा, कमरू उठकर चला गया। जाते-जाते ताकीद करता गया कि रंग-बिरंगी डिजाइन की एक-एक जोड़ी लहठी जरूर बनाकर रखे शाम को कोई आएगा और लेकर जाएगा। सकीना बैठी-बैठी सोच में पड़ गई। हाय-हाय, इस बुड्ढे से क्या प्रेम हो गया है बच्चों ने भी सिनेह जोड़ लिया है। कौन-सा तार जुड़ा है पता नहीं इसकी जान जाती है हम लोगों के लिए। सकीना कभी-कभी डाँट देती है मगर बुढ़ऊ जरा भी बुरा नहीं मानता। सकीना वृद्ध के दयनीय चेहरे की ओर देखती है। नहीं यह बुड्ढा किसी का क्या बिगाड़ेगा। इससे किसी को क्या दुश्मनी हो सकती है। यह बंगाल से क्या करने आया यहाँ? जान पड़ता है इसके कोई नहीं है। कमरू ने एक बार कहा था कि बंगाल देस बनने के बाद पछिमाहों को मार कर भगा दिया है। हो सकता है उसी में से हो यह बाबा। सकीना सोच में पड़ गई कि अपने दुख धंधे से फुरसत हो तो दीन दुनिया की सोचे। अपनी दुख भरी कथा वृद्ध को सुना चुकी सकीना ने उससे कुछ न पूछा। सकीना ऐसा नहीं करेगी। शरण में आये बूढ़े को कभी कहीं नहीं जाने देगी। इसकी मिट्टी खराब नहीं होने देगी। यदि इसी की तरह किसी दिन बाप बंगाल से देहरी पर बैठ जाए तो क्या उसे बेआबरू करके भगा देगी। क्या कर सकेगी ऐसा? आन-बान से आता तो उसे खरी-खोटी सुना भी देती, इस तरह लुटा-पिटा गुरबत में आएगा तो उसे कभी नहीं निकालेगी। सकीना जनम से ही दुखियारी है। पेड़ की छाँव की तरह कभी-कभार ही सुख और अपनापन का बोध हुआ है। अम्मा की बोली याद आती है..."बेटी सकीना, इस संपत्ति में तुम्हारा कुछ भी नहीं है। ये तुम्हारे वालिद नहीं हैं। कभी इस जायदाद का लोभ न करना। कहीं देकुली गाँव में कुछ बचा हो तो वही तुम्हारा है। उसी पर हक है।"...अम्मा का वह वचन सारे सुख-स्नेह को उचक ले गया पल भर में। खरोंच गया, सर्द हो गई सकीना। अपनी अम्मा से भी तभी से सहम कर बोलने लगी। अन्य बच्चों की तरह सहज नहीं रही। बड़ी अम्मा अधिक अपनी लगती। वो तो नकली नहीं थी। उस दिन से नकली लगने लगा अब्बा का प्यार दुलार, दया जैसा लगने लगा। बड़ी अम्मा तो मौसी थी।

खंभे को टेक लगाकर बैठा बुड्ढा सकीना की ओर टकटकी लगाकर देख रहा है। सकीना सोच के गलियारों में भटक रही है। सदा चिंताहीन दीखने वाली सकीना आज चिंतातुर है। धीरे-धीरे उसने उसमान की ओर दीठ की।

"बाबा, तुम्हारा नाम क्या है? क्यों नहीं बताते?" उसका स्वर आवेगहीन था।

"बिटिया, शक पड़ गया मन में? आज फिर इतने दिनों बाद तुम वही सवाल पूछ रही हो जो कई बार पूछ चुकीं। यदि मैं तुमसे कहूँ कि मेरा नाम इलाही, रहमत

या उसमान है तो उससे तुम्हें क्या फर्क पड़ेगा? कोई नाम तो अम्मा-अब्बा ने रखा होगा। नाम पहचान होता है, मेरी कोई पहचान बाकी नहीं है! आज मेरी कथा भी तुम सुन लेना। मन में चैन पड़ जाएगा। यह समझ ले कि मैं कोई जासूस नहीं हूँ। अब इस चौथेपन में मैं कोई ऐसा काम करने लायक नहीं हूँ। मेरे जैसा लिख-लोंढ़ा पढ़ पत्थर कहीं जासूसी करे। गुनहगार जरूर हूँ, खुदाबंद के आगे, इंसान के आगे भी। उन गुनाहों के फल जब तक जिंदा हूँ पाता रहूँगा। बेटी, मैं तुम्हें कुश भर कलेस भी नहीं लगने दूँगा। समझी। वैसे तो तुम स्वयं ही ठोस व्यक्ति हो। क्यों न रहोगी, तुम्हारी अम्मा भी तो थी। तुम्हीं ने बताया न कि तुम्हारी अम्मा को तुम्हारा अब्बा पाकिस्तान ले जाना चाहता था पर वो नहीं गई। उसने अच्छा किया बेटी। देखो, मैं भी तुम्हारे अब्बा की तरह सब कुछ बेच-बाच कर पाकिस्तान चला गया था। यह न कहूँगा कि उधर जाकर उन्नति नहीं की वो तो की। खूब धन मान जोड़ा, परिवार बढ़ाया। दूसरे लोगों की तरह बंगाली भाइयों से कभी झगड़ा टंटा नहीं किया, किसी का कुछ नहीं बिगाड़ा, फिर भी बिटिया राज बदलते ही निकाल दिया गया। निकाला ही नहीं, परिवार के सारे लोगों को काट पर फेंक दिया, उन्हीं में मैं भी था, जिंदा रह गया। उस देश में मैंने कोई अपराध किया था उसी की सजा मिली। इतनी बड़ी सजा।"...अपनी मर्मांतक पीड़ा का बयान सपाट चेहरे से बिना भावुक हुए कह गया उसमान। चेहरा ऐसा लग रहा था जैसे किसी और की कथा कह रहा हो। परंतु करुणा विगलित सकीना रो पड़ी। आँखों में आँसू आ गये तो देर तक बहते रहे।

"बाबा, उतने बड़े दुख की कथा सुना गये ऐसे जैसे कि कुछ हुआ ही न हो। कैसे-कैसे कलेस हैं दुनिया में, क्योंकर काट दिया सबको। बच्चों को भी, कोई न बचा?"...उसमान सकीना के रुदन को देखकर कहना चाहता था कि नहीं मेरी एक संतान जीवित है। मेरी कच्छी में सिली अशर्फियों की हकदार सामने बैठी है। कह न सका, कैसे कहता। एक ही दिन सब भेद कैसे खोल दे उसमान। "मैं मस्जिद जाना चाहता हूँ रहने, बेटी" सकीना उबल पड़ी। उसे यह प्रस्ताव अच्छा नहीं लगा।

..."मुझे कोई दिक्कतदारी नहीं है, तुम कहीं नहीं जाओगे। देखा जाएगा। बेकार यहाँ-वहाँ फिरंटी मत करो। भगेडू बने फिरते हो। तभी तो अपनी मिट्टी पानी छोड़कर बंगला गये। वहाँ से भगाकर फिर इधर कर दिये गये। चुप बैठो।" अबोध बच्चे की तरह सकीना की डाँट सुनता रहा उसमान।

"बिटिया, मूँगा-मोती पूरी तरह है न। कल सुबह से ही बैठ जाना है लहठी गढ़ने। अच्छा रहेगा बड़े व्यापारी को पसन्द आ गई तो।"...प्रसंग बदला उसमान ने।

"हाँ बाबा, सीसा-मोती नमूना लायक है, रंग दो हैं लाल और हरी। काला बैंगनी भी होता तो अच्छी छवि होती।"

"ऑर्डर देने वाले को कहा जाएगा कि सभी रंगों में बन सकते हैं। डिजायन देख लें। कुछ नये नमूने भी मैं सिखा दूँगा। यह तो एक ही नमूना है तिकोना-सा अबके ऊपर चौकोर रहेगा, फिर आधा गोला जगह छोड़-छोड़कर सीसा और मोती बैठाया जाएगा। लाल और हरी चूड़ियों में एक-एक सारे नमूने देना।"

"बाबा, तुम पास बैठकर बताना मैं बना लूँगी। देखते हो न मैंने लाह का काम कसकर पकड़ा है। कमरू बड़े व्यापारी से मिला देगा तो मैं पीछे नहीं हटूँगी, काम करने से मैं नहीं डरती। बाबा, अब तो लाह की चूड़ियाँ तार से बँधती हैं कच्ची होती नहीं सो टेढ़ी होंगी। जाड़े में ही बनाकर ढेर सारी रख दूँगी।" सकीना का उत्साह देख उसमान प्रसन्न हुआ। दोनों की आशंका मानों तिरोहित हो गई। उसमान विचारने लगा...सकीना इसकी बेटी उसमान के अब्बा की पोती अपने खानदानी हुनर के बल पर जिंदगी की गाड़ी चला रही है। उसमान को संतोष हुआ कि कमरू सकीना का ख्याल रख रहा है। अपने बेटे से सकीना की बेटी की शादी करेगा, अपने व्यापार के साथ सकीना के व्यापार की चिंता रहती है। यह बड़ी बात है। किंतु सकीना कमरू से अधिक जैनब पर भरोसा करती है। जैनब इसका हाल-समाचार पूछती रहती है। इसके घर में क्या कम हुआ। यह देखती रहती है। समद की बेरुखी से जो सकीना विपत्ति में पड़ गई थी वो जैनब के सहारे मजबूत हुई। जैनब ने कहा था ..."अपना काम करने में कैसी शरम, बाप-पुरखों का इलम है, कुम्हैन मिट्टी न खोदेगी, कुंजड़नी साग नहीं बेचेगी, मलाहिन माछ नहीं काटेगी और मालिन गजरा नहीं गूँथेगी तो उसी का घाटा है। अपना व्यवसाय कर जिंदगानी काटने में कोई हर्ज नहीं है। आगे पीछे देखने से पता चला लहठी बना-बेचकर लहेरियों ने पक्का मकान बनवा लिया है। लहेरिन क्यों भूखों मरे।" जैनब की तरफ से बड़ा बल मिला सकीना को, इसी के लगातार उकसाने से कमरू भी ख्याल रखता है।

एक माटी एक समाज

जागकर सुबह से ही उसमान और सकीना लहठी बनाने लगे। मसाला तैयार था अब रोल-रोल कर सीसा एवं पोत बैठाना था। अधिक कठिन मसाला तैयारी है। लाह और चमड़ा सही मात्रा में फेंटना, रंग मिलाना और सबों को यकसाँ कर लेना कि कहीं दाने न रह जाएँ। काठ का पलटा और घोटल से लाह घोंटना, उफ, बाँहें चढ़ जाती हैं। हाथ की नसें ढीली पड़ जाती हैं। सकीना के थक जाने पर हसमत घोंटने लगता है लाह, सकीना हँसकर कहती–

..."अरे नूनू (बच्चा) पढ़ौनी कर, बाप जैसे औवरसियर बन, देस-परदेस जाना। हवा-जहाज, मोटरगाड़ी में घूमना। अम्मा का काम कोई काम है?"...हँसता मुस्काता हसमत अम्मा के काम में हाथ बँटाता है। हसमत की समझदारी बढ़ रही है। इस बार हसमत मैट्रिक बोर्ड देगा। लोअर स्कूल पास कर मिडिल स्कूल और मिडिल पास कर हाई स्कूल पहुँचा है अब कॉलेज जाने की तैयारी में है। रात को मामू के घर जाकर पढ़ता है। मामू के घर में बिजली है। मामू के बेटे का गणित कमजोर है, दोनों साथ मैट्रिक की परीक्षा देंगे।

स्कूल जाने के पहले हसमत चार घोटना लगा रहा था कि ममानी जैनब आई।

"मैं यही देखने आई थी। मशीन चालू है। बाबा, बेटी और नाती लगे हैं। शायद शाम तक सारे नमूने तैयार हो जाएँगे।" उसमान के सूखे रेत से प्यासे मन पर मानो प्रथम बारिश की फुहार पड़ी हो। कितना प्यारा शब्द है "नाती"।

"दोपहर तक तैयार हो जाएगा। शाम को पहुँचा दूँगी।"...सकीना के चेहरे पर संतोष की हँसी थी।

"हाँ बहन, आज इस काम से फारिग हो लो। कल क्या है याद है न।"

"क्या?"

"अरे याद नहीं? बंगाली टोले में ब्याह है?"

"हाँ बिल्कुल याद है। बूढ़ी दादी ने इतने मनुहार से बुलाया है।"

"बड़े-बड़े महल दुमहले वाले भी तो बुलाते हैं पर तुम्हारे भाई किसी के घर नहीं जाने देते। लेकिन दादी के यहाँ बंगाली टोला के लिए मना नहीं है।"

"इनके घर की बात जुदा है। तुम्हें क्या मालूम है, मुझे भी नहीं ज्यादा पता

है किंतु बड़ी अम्मा और अम्मा कहती थी धन्न ये लोग कि आज औरतें सड़क पर घूमती हैं, नहीं तो इस नगर में किसी की इज्जत थी?"

"हाँ मुझे पता है क्यों नहीं औरतों की इज्जत बचती थी। बताऊँ, अंग्रेजों का राज्य था। उसका तो यह अपना देश था नहीं। वो हम लोगों पर जबर्दस्ती राज कर रहा था। बंगाली टोला वाले लोग उनको देश छोड़कर जाने को कहते थे।" हसमत ने कहा।

"वो जो हो बबुआ, यहाँ की विपदा दूसरी थी। महाराज का राज था। उनके राज में एक ऐसे आदमी हुए जिन्हें रोज एक सुंदरी चाहिए थी नित नई। राजा के मोसाहेब लोग जिसको ऐसी देखते उसे उठाकर महल में ले जाते। सुराजी लोगों ने उन्हें दुरुस्त कर दिया। हिम्मत नहीं रही कि राज का कोई लगुआ भगुआ किसी औरत को टेढ़ी आँखों से देख सके।"

"अम्मा, पहले तो छुआछूत बहुत था। अब उतना नहीं रहा। यह सब गांधी बाबा के समाज सुधार आंदोलन से शुरू हुआ। तुम लोगों को पता भी है?"

"मुझे सब पता है। अब क्या सब होता है यह भी मालूम है। आदमी एक जैसा न पहले था न होगा। दादी लोग जिस टेक पर पहले थीं उसी पर आज भी है। तभी तो हम उन्हें मोहब्बत करते हैं। दुनिया में किसिम-किसिम के लोग हैं। अब तो समझते हो, बड़े हुए, तुम्हारा अब्बा और मेरा जनमदाता कहाँ एक सा रहा? नाचीज इंसान भी जब सब दिन एक सा नहीं रहता तो जिसे जन्म से ही ऊँचा बनाया है अल्ला ईसर ने वह कैसे एक सा रहेगा? लेकिन, ये दादी नहीं बदली, जैसी थीं वैसी हैं हमें बहुत अच्छा लगता है उनके पास बैठना। तुम भी चलना। वहाँ छुआछूत नहीं है। ऊँच-नीच का विचार नहीं करते। अपनी आँखों से देखना।"

"सच कहती है तुम्हारी अम्मा हसमत, मैं भी सबों को लेकर जाऊँगी। देखना कैसा ब्याह होता है उन लोगों का। अब मैं चली, गप्प-शप्प में काफी टैम बीत गया।"...जैनब ने कहा। "माथे पर टोकरी है, भोर-सवेरे कहाँ चली भौरी पर?"

"बंगाली टोला, नक्खी और गिन्नी चूड़ी माँगा था दादी ने। नतिनी-पोती सब आई होंगी, उनके लिए। सुबह पहना आऊँगी तो दिन भर की फुरसत रहेगी। इस बार तुम्हारे भाई को बाहर समय लगेगा, दूकान पर भी बैठना है न, बुचवा को कितना परेशान करूँगी।"

"मामी, तुम बुचवा को दूकान के हिसाब में लगाओगी तो खत्ता खाओगी। उसका हिसाब कमजोर है। खानगी मास्टर से कुछ न होगा। इस साल अपनी दूकान खुद देखो, नहीं तो पछताओगी।"

"कैसे बूढ़े की तरह बातें करता है। मैं भी तो यही कर रही हूँ उसे कहाँ तंग कर रही?" जैनब हँसने लगी। सकीना ने साथ दिया। जैनब ने स्वयं ही टोकरी माथे

पर धर लिया नक्खी और गिन्नी चूड़ियों से लबालब भरी टोकरी हल्की थी। जामुनी साड़ी, ऊँचा खोपा पैर में पायल बिछुए वाली जैनब चप्पल चटकाती निकल गई।

"अम्मा, मैं भी तुम्हारे साथ बंगाली टोला शादी देखने चलूँगा अगल-बगल से ढेरों शादियाँ देखीं, कहती हो उनके यहाँ जाने में कोई दिक्कत नहीं है।"...हसमत ने कहा।

"चलना, जरूर चलना दादी से असीस दिलाऊँगी तुम्हें, ऐसे लोग फिर कब मिलेंगे।"

"अम्मा, तुम भी कभी कहीं नहीं जाती हो यहाँ जाने को तैयार हो, क्या सिर्फ दादी के कारण?"

"हाँ रे उन्हीं के कारण। कौन रात भर जागकर शादी देखे। वैसे मैं एक शादी और रात भर जागकर देख चुकी हूँ।"

"किसकी शादी?"

"बड़ी लंबी कहानी है।"

"बताओ न।"...लाह का काम तेजी से चल रहा था, गप्प गोष्ठी साथ-साथ चल रही थी।

"एक बड़े अफसर थे। उनका बड़ा डाई चलता था। लोग उनसे बहुत डरते थे। हम लोगों को सुख चैन था। उनकी घरवाली बड़ी अच्छी थी। आने-जाने वाली नातेदारिनों से घर भरा रहता। हर हफ्ते अम्मा और बड़ी अम्मा चूड़ी पहनाने जातीं। लड़कियाँ कंगन पहनने के वक्त बहुत तंग करतीं। एक दिन अम्मा के साथ मैं भी उनके घर गई थी, उनके बड़े से मैदान में इधर-उधर चारा खोजते राजहंसों के पीछे भाग रही थी। अम्मा की टोकरी के चारों ओर बैठी औरतें चूड़ी-लहठी पसंद कर रही थीं। खुद मालकिन पास ही मचिया पर बैठी लिख रही थी। उनकी मँझली बेटी पास बैठी हजामिन से पैरों में आलता रचवा रही थी। उफ्, वो हजामिन थी, पता नहीं बुढ़िया जिंदा भी है या नहीं? बड़े-बड़े जमींदार और अफसर लोगों के घर की बँधी पसारी थी। रंग-बिरंग की साड़ी पहनती थी। चवन्नी भर टिकुली साटती थी। कान में सोना का करनफूल पहनती थी। बड़ी सुंदर थी। माथे पर से घूँघट नहीं हटाती।"

"अब तुम हजामिन का किस्सा लेकर बैठ गईं।"

"सुनो न, उसी हजामिन से उनकी मँझली बेटी आलता रचवा रही थी। साथ-साथ ना नुकुर कर रही थी। उसी बीच में बड़ी अम्मा से बोल उठी कि वो भी चूड़ी पहनेगी। मालकिन ने कहा कि तुम चूड़ी पहनती हो। तुम्हारे लिए सोनहुला बाला खरीद लिया है मैंने। अम्मा लोगों को किसी शादी के घर जाना था सो हड़बड़ी

में थी। वहाँ का काम खतम हो गया था। अम्मा ने मालकिनी को दुआ सलाम किया और चलने को हुई। तूफान की तरह मँझली लड़की खड़ी हो गई और पूरा टोकरा सर से खींच कर गिरा दिया। अम्मा अवाक् रह गई। चूड़ियाँ चकनाचूर हो गईं। मँझली लड़की पैर पटकती हुई अपनी कोठरी में जाकर बंद हो गई। मैं झन्नाटे की आवाज सुन दौड़ी चली आई। हजामिन की कटोरी पलट गई थी। आलते का रंग ताजा खून-सा फैला था, बड़ा-सा फैला बरांडा टूटी चूड़ियों के किर्च से भर उठा था। अम्मा और बड़ी अम्मा अकबकाई खड़ी थीं। इर्द-गिर्द खड़ी औरतें हाय-हाय, जुलुम-जुलुम बकने लगीं। मालकिन तुरंत भीतर गई और आकर अम्मा के सर्द हाथ में तीन दसटकिया नोट पकड़ा गई।

"अब क्या करोगी लहेरिन, वो पागल है किसी के वश में नहीं है। टोकरी उठाओ। अभी चली जाओ। मैं तुमसे माफी माँगती हूँ।"...आहा, क्या मधुर बोल था, बड़ी दयावती थीं। उतने बड़े इकबाली ऑफिसर की मेम साहेब थी, जरा-सा गौरव नहीं था।..." सकीना चुप हो गई। लाह मिलकर एक दिल हो गया था। अब सिर्फ चूड़ी की शक्ल देना बाकी था।

"अम्मा, तुम तो कोई दूसरी कहानी कहने वाली थीं कह दिया दूसरी।" ...हसमत हँसने लगा।

"देखो बाबा, अम्मा बहक गई। ये तो शादी की कहानी कहने वाली थी न।"

"हूँ, समझने की अक्ल हो तब न। सुनो...एक दिन अम्मा बंगाली टोला से चूड़ियाँ पहनाकर लौट रही थी कि मँझली लड़की मिल गई। उसने रंगीन साड़ी पहन रखी थी, मोटरगाड़ी में बैठने जा ही रही थी। मुझे देखकर डर गईं क्या? डरो मत, आज मेरी कोठी पर आना।"...कहकर गाड़ी में चढ़कर उड़नछू हो गई।

अम्मा अब विचारने लगी कि बचिया ने अपने मुँह खोलकर बुलाया है तो जाना चाहिए। उस दिन गुस्से में आकर टोकरी पटक दी थी, बचपना भी है। मालकिन ने दूना पैसा दे दिया नुकसान का पूरे तीस रुपया। शाम को दोनों बहन पहुँच गईं साहब के बंगले पर। उस समय सारे लोग जमा होते थे। बड़े चैन का समय होता। लड़कियाँ स्कूल से आ चुकी होतीं, बबुआ लोग गेंद खेलने गये होते और साहब ऑफिस में होते। अम्मा बड़ी अम्मा के जाते ही मालकिन खुश हो गई। कहा...आओ तुम्हारी राह देख रही थी हम, बैठो। घर में खुशी का आलम था, सफाई हो रही थी। मालकिन ने कहा—मँझली बिटिया की शादी तय हो गई है, लहठी चूड़ी का औडर ले जाओ। उसी मँझली बिटिया की शादी में हम लोग गये, रात भर बैठकर देखी शादी। अब समझे?

"समझ गया।"

"ओह, वो शादी बड़ी शानदार थी। बड़े आदमी की शादी थी। रंग-रस और

खान-पान, कभी भूलने लायक नहीं समझे? मँझली की शादी यहीं लहेरियासराय के एक डाक्टर के यहाँ हुई। अभी तक हम उनके घर जाते हैं। कितनी साड़ियाँ उन्होंने दीं। वो टीन है टीन। पलछिन ठंडा पल में गरम।"

"अम्मा, स्कूल का समय हो गया मैं चला।"...

"अब तुम कहीं नहीं जाती हो बेटी घर में ही लहठी गढ़ती हो। एक तरह से अच्छा करती हो।"...इतनी देर से चुपचाप उसमान माँ बेटा की बातें सुनता रहा, अब बोला।

"बाबा, शादी हुई तो दूल्हा पढ़ता था। थोड़े ऊँचे और धनी घर में शादी हुई थी। बाजार में ममिया और ननिया ससुर फैले थे क्या जाती चूड़ी बेचने। चूड़ी बेचने तो अम्मा, बड़ी अम्मा जाती थीं। उनकी इज्जत थी। मैं कभी अलग नहीं गई। धन संपत्ति इंसान को अधिक आलसी बना देता है। दूल्हा ओवरसियरी पास कर गया तब अधिक दिन टिका नहीं। सब बेच-बाच गया सो तुम्हें मैंने बताया ही था। मैं कभी नहीं गई चूड़ी बेचने। उस आदमी की निगाह में मेरी कोई कीमत नहीं थी। वह समझता रहा कि मैं चूड़ी घर-घर जाकर बेचनेवाली की बेटी हूँ। था तो वह भी चूड़िहारा का बेटा। उसका अब्बा भी कचड़ा चूड़ी और कच्ची लहठी गढ़ता था, पर अच्छा कारीगर नहीं था। खोदाबंद की मेहरबानी कि अपनी नानी का इकलौता वारिस था। इसकी नानी हमें पसंद करती थी। तभी ब्याह किया। किसे नहीं पता था कि मेरा बाप देसनिकाला हो गया है। उसने भी सोचा होगा कि जब इसका बाप इसकी अम्मा के साथ ऐसा व्योहार कर टपरका दिया।"...अब सकीना के हाथ लहठी को सँवारने में लग गये। वह चुप हो गई। हाथ तेजी से चलने लगे।

"बिटिया चिमटी ला, सीसा पास रख और पानी का कठौता भी।" ...इस काम में फुर्ती की जरूरत है। सकीना के हाथ में फुर्ती और इल्म दोनों है। सूरज बीच आकाश में पहुँच गया काम में इन्हें पता ही नहीं चला। न भूख न प्यास, काम पूरा करके ही सकीना और उसमान उठे। पानी से निकाल, एक दूसरे पंतले पानी से पालिश को मुलायम कपड़े के सहारे पोत कर सजा दिया चूड़ियों को। चमकती चूड़ियों को निरख दोनों स्वयं मुग्ध थे।

"बेटी, इन चूड़ियों को पन्नी में लपेटकर डब्बों में रख दो तब ज्यादा फबेगा।" ...परम संतुष्ट होकर उसमान ने कहा।

सकीना को सलाह पसंद आया। "कमरू के पास दोनों चीजें होंगी, वहीं से ले आती हूँ।"

"जाना, पहले कुछ जलपान तो कर लो।"...उसमान की इस बात पर सकीना को हँसी आ गई, याद आया कि भूख से व्याकुल हैं दोनों। अब कुछ पकाने की हिम्मत नहीं है। "बाबा, हाँड़ी में सत्तू रखा है अभी वही खा लें, कमरू के यहाँ से आकर भात पकाऊँगी।"

"लाओ" ...सकीना और उसमान ने सत्तू गुड़ खाया पानी पिया। उसमान चटाई

पर पड़ गया। छप्पर की ओर ताकता हुआ अपने पूर्व जीवन को याद करता रहा। अब पूर्व जीवन में भटकना अच्छा नहीं लगता। उसे लगता कि कोई तो सुकर्म होगा कि अपनी बेटी के पास है। संचित पूँजी बेटी को दे दे यह इच्छा होती है परंतु डरता है। अपनी खुद्दारी के कारण कहीं बेइज्जत न कर दे। फिर भी सोचता है कम से कम रखने तो दे ही दे। सकीना आज बेहद खुश थी सो आज के दिन ही उसमान उसे सोना चाँदी रखने के बहाने दे देगा।

सकीना डब्बा और पानी ले आई उसमान उठकर बैठ गया। दोनों ने सीट सीट कर पन्नी लपेटा चूड़ियों में तब गत्ते के डब्बे में सजा दिया। सुतली से बाँध कर रख दिया। उसी समय सकीना से उसमान ने बिना नाम खोले सब कुछ बताया।

इस धरती के हम हैं तुम हो

"बिटिया, मेरे बारे में तुम बहुत पूछती थी सो आज सुन ले। हम लहेरी जाति के लोग शुरू से ही भगेड़ू हैं। लाह की चूड़ियाँ गढ़ने वाले अधिक लोग हिंदू हैं देखती हो न। काँच की चूड़ियाँ गढ़ने वाले चूड़िहारा मुसलमान हैं। चूड़िहार मियाँ क्या कोई अरब से आये थे? नः कोई नहीं। यहीं के लहठी गढ़ने वाले लहेरी में से सौ दो सौ साल पहले लोग मियाँ हो गये, वैसे ही जैसे रेलवे लाइन के किनारे वाले चौधरी ब्राहमन, खान, राजपूत और बनिया बैकाल, कोइरी, धोबी सब! जो काम पहले करते थे सो अब भी कर रहे हैं धरम बदल गया। पेट का धरम, भूख-दुख के धरम से बड़ा कौन-सा धर्म है? बेटी इतनी बात मैं तुमसे इसलिए कह रहा हूँ क्योंकि मैंने बड़ी दुनिया देखी है। यूँ ही देख ली। दोनों शाम की खुराक और भरपूर अन्न वस्त्र मिलते रहने पर भी लालसा नहीं जाती है। लगता है कितना कुछ पाया जाय। मेरे पास किसी बात की कमी नहीं थी। खेत बधार था, माल मवेशी थे, चौखूटा सूरज मंडल आँगन में दो भीतघर था, अच्छी खूबसूरत दुलहिन थी सबसे ऊपर संग-समाज था। टनामनी झगड़ा-टंटा कहाँ नहीं होता है। वह देखने बैठोगी तो पता चलेगा जब से अल्लाह मियाँ ने धरती पर आदम जात को बनाया तब से उल्फत और नफरत एक दूसरे से करता आया है इंसान। यही करने आता है इंसान को। सो मैं तुम्हें अपने उस समय की जिद की कथा नहीं कहूँगा।"...हँसकर उसमान चुप हो गया। सकीना मुँह पर आँचल ढँक कर उकड़ूँ बैठी गौर से उसकी बात सुन रही थी। गरमी की ढलती दोपहरी का उमस भरा बगूला मानो उन दोनों के बीच थम कर खड़ा हो गया था। आग में तपा पका-पकाया वृद्ध और प्रौढ़ता की ओर बढ़ती पूर्ण वयस्का स्त्री। उसमान के चुप होते ही याद आया; एक आलस्य जो तारी हो गया था उसे अँगड़ाई लेकर तोड़ा और डब्बे लेकर अंदर गई कोठरी में। अँगीठी सुलगाने को दियासलाई लेकर बाहर आई।

"बाबा, खाना बना लूँ। दिन में नहीं खाया।"...देगची लेकर बढ़ी। देखा अँगीठी में आग बाकी है। उसी में गोयठे और लकड़ी लेकर डाला और पंखे से हवा करने लगी। आँच सुलग उठी।

"बाबा, खिचड़ी पकाऊँ क्या?"

"हाँ बेटी, हसमत को भी पसंद है।"

"बहुत थक गई हूँ, वही बना लूँ।" देगची चढ़ाकर चावल धोने लगी सकीना। चावल, नमक, हल्दी तथा लौकी काटकर उबलते हुए अदहन में डालकर काठ के पलटे से चलाने लगी। "उस छोकरे को दाल की खिचड़ी पसंद ही नहीं है।"...खिचड़ी हौंड़ते बड़बड़ाई सकीना। एक लकड़ी निकालकर पानी का छींटा डाल बुझा दिया, आँच अधिक तेज हो गई थी। अब धीमी आँच पर खिचड़ी खुद-बुद, खुद-बुद करने लगी।

"बाबा बताओ अपनी कहिनी, चुप क्यों हो गये।"

"हाँ बेटी, वह तो कहूँगा। नहीं कहूँगा तो सब मेरे साथ ही चला जाएगा। मैं जिसे ढूँढ़ने आया हूँ वो अगर नहीं मिली तो तुम खोजकर उसे बता देना।"

"किसे?"

"मेरी खोई औलाद को।"

"क्या तुम्हारी औलाद इसी जगह खो गई थी, किसी दंगा-फसाद में?"

"नहीं बेटी, ऐसा कुछ खास तो नहीं हुआ था मैं ही भाग गया था उसे बियावान में छोड़कर। मेरे साथ बहुत सारे लोग भागे थे। जहाँ हम पहुँचे थे वहाँ के लोगों को कुछ दिन ही हम भले लगे थे। न जाने क्यों हम अपना काम छोड़ दूसरा पकड़ने लगे। मैंने लाह सीसे का काम छोड़ दिया। आरा मशीन बैठा लिया। हाँ खेत बधार और माल मवेशी का काम करते रहे। धुनिया अपना काम छोड़कर खटिक हो गया और खटिक नानवाई। यहाँ से गये धोबी, नाऊ, कुजरा, बनिया सबों ने अपने काम बदल लिए। जैसे छींटे गये धान से अधिक फैलाव रोपे गये धान का होता है वही हाल एक स्थान से उखाड़ कर दूसरी जगह पकड़ने वाले का होता है। पछिमाहे वहाँ जाकर खूब धन कमाकर अपने को अधिक काबिल समझने लगे। डीही को बेवकूफ और भगोड़ू को होशियार। तुम लोग नहीं समझ सकती हो कि कठपुतली की डोर कहाँ से खींची जाती रही। लेकिन बिटिया मैं उन लोगों में नहीं था। मैं तो साधारण कारोबारी था। एक तो मैं बहुत-सी बात समझता ही नहीं था दूसरा मेरा मन भी बँटा हुआ था। तुम्हें यकीन नहीं होगा कि मेरा जो परिवार अपनी बेवकूफी के कारण यहाँ छूट गया था वह कभी दिल से हटा ही नहीं। वहाँ मेरी शादी हुई। बच्चे हुए। बीवी बुरी नहीं थी। ऐसे कोई तकलीफ नहीं थी। बंगाल की लड़ाई का खास निशाना दूसरी तरफ था। जिधर हम लोग थे उधर अमन-चैन था। उधर न फसादी पछिमाहे थे न बंगाली। राजपाट बदला। हम अछूते थे। पर, बेटी अपने बुरे करमों की सजा कैसे मिलती मुझे? वहाँ भी फसादी पहुँच गये। रात बिरात लोग अपना सब कुछ लेकर भागे।" खिचड़ी पक गई थी। हसीना ने दो थालियों में परोस लिया। एक उसमान के सामने रखा दूसरा स्वयं लेकर खाने लगी। बातचीत जारी थी।

"जैसे हम खिचड़ी खा रहे हैं उसी प्रकार काल हमारा कलेवा करने को तैयार था। गाँव से निकलते ही फसादी से घिर गये हम। इतनी मौतें देखीं कि दाँत के नीचे एक बालू का कण भी नहीं आता। देह नहीं सिहरती। बोलो तुमने मुझे पहले पहल जब देखा था तो तुम्हें जिंदा इंसान दीखता था क्या? लाशों के बीच से उठकर कैसे पूर्णियाँ पहुँचा वहाँ कितने दिनों तक रहा रिफ्यूजी कैंप में यह होश नहीं। होश आने पर देखा इसी मिट्टी पर पहुँच गया हूँ।" कलेवा हो चुका था। सकीना दोनों थाली समेट जुठार पर चली गई। हाथ धो थाली धोने लगी। उसमान पानी पी कमर टटोलने लगा।

"इधर आ बेटी"...सकीना काम पूरा कर निकट आई।

"मैंने जब सुना था कि देश में मेरी बेटी का जन्म हुआ है तो गहनों का औडर दे दिया। मन में था कि गहने दूँगा बेटी की मुँह दिखाई। मन की मन ही रह गई। ऐसी कोई खबर सुनी कि आना न हुआ।"

"क्या सुना, बेटी का इंतकाल हो गया?"

"नहीं-नहीं, ऐसा नहीं हुआ।"

"वो औरत मर गई होगी।"

"हाँ-हाँ-हाँ",...हँसता रहा थोड़ी देर।

"मरना और भाग जाना एक सा है। जो हो, आना न हुआ। अब भगोड़ों का भी कोई तो होगा। बेटी सयानी हुई, उसकी शादी की खबर भी मुझ तक पहुँची। दामाद के लिए चाँदी के रुपयों का छड़ और अशर्फी गढ़वाया। बेटी के लिए भी गहने बनवाये। अल्लाह मियाँ को कहाँ मंजूर था कि मैं आता। हम सब तो पुतले हैं क्या सोचते हैं और क्या हो जाता है।"...माथे पर हाथ धर कर बैठ गया उसमान। सकीना उदास सी उसे देख रही थी। कुछ पूछने की ताकत न हो ऐसा लग रहा था।

"सुना तुमने, उसी समय लड़ाई शुरू हो गई। आना-जाना बंद हो गया इस पार और उस पार से। जब इन्हीं दोनों राज-पाट में फसाद था तो आना जाना कैसे होता। मैं मन मसोसकर रह गया। वह सारा गहना बचाकर रखा। दूसरे बच्चों की शादी पर खर्च नहीं किया। करने की जरूरत भी नहीं थी। बिटिया, वह सब मेरे पास है। हरिया गया तुम्हारे पास आकर तुम्हें देखकर ऐसा लगता है तुम ही मेरी खोई हुई बेटी हो।"...उसमान दम लेने रुका। करम से काला चिक्कट लंबोतरा कपड़ा निकाला और सामने रख दिया। सकीना वैसी ही भावहीन सी बैठी रही। टाँका तोड़कर सोने चाँदी के गहने निकालने लगा।

"यह हाथ का मठिया है। बेटी के जनम पर बनवाया था। अब उसकी नातिन पोती पहनेगी। यह देख हँसुली का खंड, जोड़कर बन जाएगी। ये चाँदी के रुपये, ये सात अशर्फियाँ और यह कंगन। बस इतना ही है।"...सकीना चकित-सी सब

देख रही थी।

"बाबा, समेट लो गहने। इतने सारे कमर में बाँधे घूम रहे थे। अल्लाह, तुम्हें डर नहीं लगा? मुझे तो डर लग रहा है। ढँक लो। कोई आ जाएगा।"...उसमान ने लाल चारखाने गमछे से उसे ढँक दिया।

"तुम्हें किस बात का डर? घर में जो मिट्टी का मोरा है न उसी में रख दो। किसे पता कि तेरे पास गहने रखे हैं।"

"फिर तुम्हारी बेटी को ढूँढ़ती फिरूँ? कहाँ के रहने वाले थे तुम? किस गाँव के? यदि तुम्हारी बेटी का पता मिल भी जाय तो कौन जाने कहाँ ब्याही गई, जिनगानी जीने कहाँ चली गई। मैं औरत जात कहाँ ढूँढ़ती फिरूँगी।"

"पहले इसे जैसे कहा वैसे रख फिर कहूँगा। ऐसे पड़ा ठीक नहीं।" सारे गहने कपड़े में बाँध सकीना को दे दिया। सकीना उसे लेकर अंदर चली गई। उसमान के जमे आँसुओं का अविरल प्रवाह जारी हो गया। मन ही मन आशीष देने लगा सारे जहाँ को...अल्लाह मियाँ ने जैसे मेरे आस पूरे किए वैसे ही सब के करें। आँसू पोंछ कर चुप हो गया। अब मन हल्का हो गया था, रीता सा।

जैनब चमकीली बैंजनी बनारसी साड़ी पहन, सिंदूर टिकुली से सज, गहना-गुरिया पहन शाम होते ही पहुँच गई। सकीना भी अपने सारे सिंगार में बैठी थी। बेटी की लंबी चोटी सँवार रही थी। बेटी ने हरी सुगा पंखी क्रेप की सलवार कुर्ती पहन रखी थी, सुनहरे बुंदकी वाली लाल ओढ़नी काँधे पर थी। कान में प्लास्टिक मोती की गुलाबी झुमक और गले में माकूल मोतियों की माला पहन ली थी। हरी चूड़ियों से कलाई भरी थी। पैरों में घुँघरू वाली पायल पहने थी। जैनब ने एक लाल गोटे वाली टिकुली सकीना को, तथा दूसरी हरी वाली बिटिया के माथे पर चिपका दी। "मैं जानती थी तुम रखती नहीं हो यह सब इसीलिए पूरा पत्ता लेती आई। अब आईने में जरा शक्ल तो देख लो कैसी लगने लगी हो।" आँखें मटकाकर कहा जैनब ने।

"अच्छा हुआ, अब चलो। बाबा हम जा रहे हैं।"

"हसमत नहीं आया, वह भी तो जाने वाला था।"

"वह पीछे से आएगा। हम साथ ही लौटेंगे।"

बंगाली टोला के आँगन में बड़ी भीड़ थी। सकीना अपनी बिटिया को लेकर बूढ़ी दादी को पालागी करवाने ले आई।

"दादी, बिटिया को असीस दीजिए।"

"तुम्हारी बेटी है? बड़ी हुई।"

"दादी, दुहरी असीस दें।"...जैनब थी। वृद्धा ने उसकी ओर देखा। सकीना

हँसने लगी।

"यह मेरी पतोहू होने वाली है।"...जैनब ने कहा।

"अब समझी, तुम लोगों में यह अच्छा है बेटी घर में ही रह जाती है।" ...वृद्धा आह्लादित थी। कोहवर में औरतें थीं। कोने में विवाह जिसका होना था वह बैठी थी। दूसरे नंबर की पोती और नातिन वृद्धा के निकट बैठी थी। "दादी माँ, इनकी आँखें कितनी बड़ी और सुंदर हैं।"...नातिन ने सुरमे रची सकीना की तीखी आँखें देख कहा।

"ऊँ ऽ ऽ ऽ"...सकीना मुस्कुराने लगी। जैनब हँसने लगी। बेटी भी मुँह में दुपट्टा दबा हँस पड़ी। वृद्धा चुप थीं। इन्हीं को देखकर यात्री बाबा (नागार्जुन) ने कविता लिखी।

"एक फाँक आँख एक फाँक नाक"...उसने पूछा।

"दुर, इससे उनकी मुलाकात कहाँ हुई है। इसकी माँ से सब मिल चुके हैं।"

"वो कौन है?"...

"आपको नहीं पता, हसीना चूड़ीवाली।"...पोती ने बताया।

"ओ, द ग्रेट मॉडल ऑफ महारथी नानाजी?"

"हाँ वही"...सकीना समारोह वाले आँगन की हलचल को देख रही थी चुपचाप, पर मन में उसमान की कथा घुमड़ रही थी। ऐसी ही कथा तो इसकी भी है। इसका पिता भी अम्मा के पेट में इसे छोड़कर चला गया था। इसकी शादी के साल भी इस मुल्क और पाकिस्तान चले गये होंगे। अपनी बीवी को गरभ से छोड़कर। ब्याह की उमर यही होगी। जब पाकिस्तान की लड़ाई हुई थी तक क्या अकेली सकीना डोली पर बैठी थी? नः, इसका अब्बा होता तो कहता न? इतने दिनों से चुप क्यों है। अब उससे सकीना पूछना चाहती है..."क्या नाम है तुम्हारा? किस गाँव या नगर के हो? तुम्हारी ससुराल कहाँ थी? ससुर का क्या नाम था?"... तुरत अपने ख्यालों को झटक भी देती है। कहीं उस बुढ़ऊ द्वारा दिये गये सोना चाँदी पर तो दिल नहीं आ गया। तौबा-तौबा हराम के धन पर दिल क्यों लगाये सकीना, छीः। इतने दिनों से बुढ़ऊ बाप की तरह रह रहा है कभी तो कहता। पराई तो नहीं रही अब। धत् जाने दे सकीना। कोई हो। अपने सर पर से बोझ हटाना चाहिए उसका। हट ही नहीं रहा है। साँझ गहरा रही थी। गीत नाद होने लगा। कोहवर की दहलीज पर बैठी औरतें समवेत स्वर में गा रही थीं।..."आजु भोरे से हिमाचल घर में होए हलचल।"

"बारात आ गई"...बच्चे शोर मचाते दालान की ओर भागे। विवाह के लोकाचार में परिवर्तन हुआ है। अब कन्यादान से पहले ही वधू-वेश में सज कर वरमाल करने चलती हैं लड़कियाँ। पहले एक-दूसरे को वरमाला पहनाती है तब अरिछन-परिछन शुरू होता है। सकीना मुग्ध होकर यह दृश्य देख रही थी। उन्हें यह

सब बहुत सुंदर लग रहा था। पीली जरी गोटे की साड़ी और गोटे भरी ओढ़नी, नखी गिन्नी चूड़ी और सीसा वाला तीन खड़िया लहठी पहने वधू गौरा पार्वती सी शोभ रही थी। वर भी बड़ा सुंदर है।

"देखो सकीना, कितना अच्छा लग रहा है सबकुछ।"

"नैन जुड़ा गये।" शादी के पहले ही खाना शुरू हो गया था। उधर शादी हो रही थी इधर लोग पंगत पर बैठ गये थे। इन लोगों को भी बैठा दिया गया। इन्होंने कुछ खाया, कुछ पोटली बाँधा फिर घर चली आईं। उसमान अकेले दहलीज पर बैठा था। "बाबा लो, खाना ले आई हूँ खा लो।" गठरी पोटली खोल सकीना ने उसमान के आगे परोस दिया। पीछे से हसमत भी आ पहुँचा।

"अम्मा, मैं तुम्हारे पीछे-पीछे आ रहा था। आगे बढ़ा कि बाहर टेबल पर बैठा दिया गया। देरी हो गई।"

"इधर कोने में जनानी पत्तल लगी। जल्दी से सब निपट गया।"...सकीना प्रसन्न और तृप्त थी। देर रात तक उस ब्याह की चर्चा होती रही।

"बाबा, हिंदुओं की शादी अच्छी होती है। दूल्हा-दुल्हन एक जगह बैठ जाते हैं तब मंतर पढ़कर शादी होती है। अपनी शादी तो अलबेली होती है, लड़का कहीं लड़की कहीं...'सिकहर पर दही निकाह भया सही।' धत्।"

"अपने यहाँ भी शादी पास बैठकर होती है। निकाह पढ़ाने के बाद सिंदूरदान होते हैं कि नहीं?"...बाबा ने कहा। बातें बतकहियों में कब सोये पता ही नहीं चला।

कमरू ढेर सारी चूड़ियों का ऑर्डर लेकर आया था। सकीना काम में मशगूल हो गई थी। छः माह में सकीना की लहठी का नाम फैल गया। "बिटिया, अबके मेरा इरादा है कि दशमी में 'बीना पानी कलब' (वीणापाणि क्लब) में तुम्हारी लहठी की दूकान सजाऊँ।"...एक दिन उसमान ने सुझाया। सकीना को यह सुझाव अच्छा लगा। उसने कमरू से कहकर जगह ले लिया। कमरू ने दूकान सजा ली हसमत ने बड़े-बड़े कागज पर लिखकर गत्ते में चिपकाया और तख्त बनाकर दूकान पर चस्पाँ कर दिया...

हसीना सुहाग मंजिल

बढ़ता व्यापार

"मामू, नानी के नाम पर चूड़ी की दूकान लगाओ। देखो फिर क्या रंग लाता है व्यापार।"...हसमत ने समझाया।..."अरे बबुआ, अम्मा और बड़ी अम्मा का नाम एक-दूसरे के बिना अधूरा है, दूकान का नाम रखो...हसीना मदीना सोहाग मंजिल" ...कमरू ने हसमत को प्रत्युत्तर दिया। हसमत को यह विचार जँचा। उसने नया बोर्ड बना डाला। मेले के उद्घाटन में कमिश्नर साहब आये थे। उनके साथ आये थे ढेर से पत्रकार छायाकार/पटना से आये छायाकार और नन्हे से दीखने वाले दुबले पतले दाढ़ी खुजाते हुए सवाल पर सवाल दागते पत्रकार महोदय किसी बड़े अखबार के प्रतिनिधि थे। उन्होंने सकीना की कला का सचित्र विवरण अनेक दिनों तक पटना से लेकर दिल्ली तक के अखबारों में छपवाकर तहलका मचा दिया। अब एक बड़ा प्रशंसक वर्ग तैयार हो गया। सकीना के घर सवेरे से बरामदे पर डाक्टर, प्रोफेसर तथा अफसरों की गाड़ियाँ लगने लगीं। सकीना बेहद व्यस्त हो उठी। व्यस्तता में माथे पर का सारा बोझ, सारी चिन्तायें मानो बिला गईं। समय ही नहीं था। उसमान का चेहरा भी खिल उठा था। हसमत और कमरू का बेटा दोनों स्कूल पास कर कॉलेज में पढ़ने लगे। हसमत वजीफा के साथ पास कर गया था। सकीना का भरोसा अल्लाह मियाँ पर बढ़ गया। उसे लगने लगा था कि सबकी तकदीर में सारे सुख नहीं होते। इसे संतान की सफलता का सुख मिल रहा है वही कम नहीं है। उसमान खाट पर पड़ा-पड़ा जब तब उस बड़े से गत्ते के बोर्ड को देख लेता था। जिसमें लिखा था हसीना मदीना सोहाग मंजिल मेले की दूकान से लाकर उसे छप्पर पर अटका रखा था हसमत ने।

"अम्मा, मेरा विचार है कि इस सामने वाले बरामदे को पक्का करा लिया जाए। एक शीशे की अलमारी भी बनवा लें शो-रूम होना चाहिए तुम्हारी चूड़ियों के लिए। एक टीन का बोर्ड बनाकर टाँग दिया जाए"—बढ़िया पेण्ट से लिखा हुआ 'हसीना मदीना सोहाग मंजिल।'

"अच्छा रहेगा बेटी।"...बतकहियाँ हो रही थीं कि इसी बीच एक डाकिया आकर खाकी रंग का लिफाफा दे गया। सकीना घबड़ा गई। इसके यहाँ कहाँ कोई चिट्ठी पत्री आती है। यह क्या है, कैसी चिट्ठी?

"देख बेटा, दूसरे के घर की चिट्ठी न हो।" सकीना घबड़ाई थी। "हाँ, ये तो...'भारत सरकार के सेवार्थ'...वाला लिफाफा है, सरकारी।" ...हसमत हँसकर बोला।

"ऐं, सरकारी लिफाफा?" अनायास सकीना की दृष्टि हसमत की ओर पड़ी। उसमान खाट पर से उठ बैठा। उसका दिल धौंकनी की तरह धड़कने लगा। गला सूख गया। बेहोशी छाने लगी। हसमत ने पता पढ़ा..."सकीना बानो, पंडा सराय..." पत्र फाड़कर पढ़ने लगा...

"सकीना बानो को उनकी लोक कला (लाह की चूड़ी) के विशिष्ट ज्ञान के लिए कला अकादमी बिहार ने पुरस्कार के लिए चुना है। आगत स्वतंत्रता दिवस 15 अगस्त को माननीय मुख्यमंत्री के हाथों पदक एवं 25 हजार रुपयों की राशि गांधी मैदान पटना में प्रदान किया जाएगा।"

सकीना और उसमान अवाक् हसमत की ओर देख रहे थे, हसमत लिफाफे और चिट्ठी को छाती में सटा गद्गद भाव से कभी अम्मा कभी बाबा को देख रहा था। "या अल्लाह, तू सबसे बड़ा है। तेरी लाठी बेआवाज है तो नियमीत भी, बिना कहे बरसा जाता है।" हाथ ऊपर उठा दुआ माँगने लगा उसमान। सकीना सुन्न बैठी थी। हसमत चिट्ठी ले मामू के घर उड़ गया। मुहल्ले से लेकर दुनिया भर में फूस की आग की तरह फैल गई खबर। दरभंगा के चौपालों तक समाचार गूँजने लगा। "ऐं जी बुच्चन बाबू, इस प्रतिभा को पुरस्कृत करने का पहला अधिकार तो हम लोगों का है उसके बाद ही बिहार सरकार और भारत सरकार को।" खेदन बाबू ने कहा।

"उसमें क्या है, बिहार सरकार पंद्रह अगस्त को पुरस्कार देगी हम जानकी नवमी के दिन ही सम्मानित कर देते हैं।" फुच्ची झा ने कहा। चौपाल में सर्वसम्मति से सकीना को सम्मानित करने की योजना बन गई।

"अम्मा, तुम तो मास्टर बन गईं।" अम्मा को गोद में उठा झूला झुलाते हुए कहा हसमत ने।

सकीना चकित थी।

"अम्मा, ये बाबा बड़ी तकदीर वाले हैं। कम से कम हम लोगों के लिए तो जरूर। जब से आये हैं अच्छी-अच्छी बातें हो रही हैं। इन्हें पुड़िया में बाँधकर रखो।" किशोरी बेटी ने कहा।

"बेटी ये क्या कहती है। इन्हें समझाओ समय अच्छा बुरा होता है जीव नहीं। मैं क्या तकदीर वाला होऊँगा। मैं निपट अभागा हूँ। तुम लोगों के पास आकर मेरी तकदीर सुधर गई।" उसमान ने कहा। इधर कमरू ज्यादातर आता उसमान से गप-शप करने।

"बाबा अब तुम्हारा दिल हम लोगों में लग गया है, है न। बहिन कहती थी कि तुम भी अपनी खोई बेटी को खोज रहे हो वो पुराने लोग बता सकेंगे। मेरे ससुर विक्को मियाँ पुराने लोगों में एक हैं। उनका घर यहाँ से दूर पड़ता है, इधर पैरों से लाचार हो गये हैं। कभी टैम निकालकर चलना अब गरमी का मौसम आ गया है तुमसे मिलने वे भी आ सकते हैं लाठी के सहारे।"

"सच बेटे, जरूर मुलाकात करूँगा। तुम सबको पाकर लगता है मैं अपनी संतान के पास हूँ।"

"मुहब्बत इसी को कहते हैं बाबा, तुमसे हम भी ऐसी ही मुहब्बत करते हैं। इस साल समद आएँगे तो लड़की लड़के की शादी कर देंगे।"

"अच्छा करोगे, समद मियाँ आने वाले हैं क्या?"

"कहा था कि शादी में जरूर आएगा।"

"तब तो शादी की तारीख मुकर्रर करके चिट्ठी देनी पड़ेगी तभी आएगा।"

"वही करना पड़ेगा, उसे कोई फिक्र है नहीं, इधर मेरी बहिन की अपनी आन-बान है। क्या बताऊँ मेरी तो हालत बिगड़ जाती है इनके मामलों को सँवारने में।" कमरू धीमी आवाज में बोला।

"तुम्हारी सहोदरा है। तुम्हारा ही सहारा है। अच्छा किया कि इसकी बेटी को अपने घर ले जा रहे हो।"

"क्या बताऊँ, बहिन को पहले मेरा यह पैगाम बिल्कुल अच्छा नहीं लगा था। उसने कहा था कि अपने सहोदरों को समधी समधिन नहीं होना चाहिए। बड़ा नजदीक का रिश्ता है। मैंने समझाया कि कहाँ, कौन लड़का ढूँढ़ेगा, फिर अनदेखा घर-दूल्हा कैसा होगा कौन जाने तब जाकर तैयार हो गई। समद मियाँ आये और बात पक्की हो गई।" कमरू खैनी मसल फटाफट हाथ पर ताली मारकर झाड़ने लगा, उसमान छींकने लगा। कमरू ने तमाखू निचले होठों के बीच दबाया और मुस्कुराने लगा। अब उसमान संयत हुआ।

"ठीक कहा बेटे जो दुःख बेटी को वही माँ को अब इससे छुटकारा मिल जाएगा।" यह कहकर दोनों हाथ दुआ के लिए ऊपर आसमान की ओर उठा दिये उसमान ने।

"तुम्हें अच्छा लगा न बाबा? तुमसे जो इतनी मुहब्बत हो गई है सो तुम्हारा भी ख्याल रखना पड़ेगा।" कमरू ने पच्च से तमाखू फेंका दहलीज के कोने में। यूँ ही सा बोला।

"मेरे ससुर ओझौल गाँव के थे, मेरी सास से शादी करके घर जँवाई रह गये थे। इसी मदरसे में पढ़ने आते थे, उन्हें कोई 'मेहमान' नहीं क़हता था। सभी विक्को मियाँ कहते हैं आज भी। उसी तरह मेरे बेटे को भी सब बुचवा कहेंगे। मेहमान

कहलाने का शौक पूरा नहीं हुआ।" हँस पड़ा ठहाका लगाकर कमरू।

"बेटा, तुमको विक्को मियाँ मेहमान कहते हैं या नहीं?" उसमान ने पूछा।

"नहीं बाबा, वो भी कमरू मियाँ ही कहते हैं।" खूब हँसी हुई इस बात पर।

"मैं किस काम से आया वह तो भूल गया।"

"कौन-सा काम?"

"बहिन को पंद्रह अगस्त को पटना में इनाम मिलेगा पर अपने मिथिला समाज के खेदन बाबू दरभंगा में ही जानकी नवमी को इनाम देंगे। उसका ज्यादा दिन नहीं है।"

"वाह बबुआ यह तो अच्छी बात है। कब होगा यह?"

"आज से पंद्रह दिन बाद। बहिन से बात करने आया था एक अच्छी साड़ी खरीद ले। अपना तो कुछ ख्याल ही नहीं करती है, पगली है।"

"यह सब दुलहिन से कहो, वही कर देगी।"

"वही करना होगा। बहिन आएगी तो कह देना, मिथिला समाज वाला जल्दी इनाम देगा।"

"कहाँ बेटा?"

"पोलो मैदान में या किसी स्कूल में।"

"यहीं?"

"और कहाँ, यहीं।"

"कह दूँगा।" कमरू सलाम कर चला गया। उसमान अकेले भाँति-भाँति की बातें सोचता विचारता बैठा था। विक्को मियाँ और उसमान एक ही स्कूल में पढ़ते स्कूल कहाँ, मदरसा था। इसका जी नहीं लगता। विक्को का मन लगता था सो मौलवी साहब ने उसे बलचटिया बना रखा था। वह भी पूरा रौब झाड़ता। बाद में विक्को का रौब सब पर रहा सिर्फ उसमान पर से हट गया। बहिनोई जो हो गया था। कुलसुम की तरह प्यारी बहन का दूल्हा विक्को। कल विक्को के सामने नहीं पड़ेगा उसमान सुबह बहाना बनाकर मस्जिद चला जाएगा। दो-चार दिन उसी मोहल्ले में गुजार आएगा सकीना के पास ढेरों चूड़ियाँ तैयार हैं। व्यापारियों का ऑर्डर पूरा है सोचा उसमान ने थोड़ी देर बाद सकीना आई। उसमान ने खुश होकर मिथिला समाज वाली बात कह सुनाई साथ ही कमरू की चिंता भी बताई।

"कमरू कह रहा था बहिन के पास अच्छी साड़ी नहीं है सो खरीद लेने को कहना। ठीक ही तो कहा।"

"उँह"...सकीना हँसने लगी।

"उँह क्या, कल बहू के साथ चली जाना और अच्छी साड़ी खरीद लाना।"

"खरीदने की जरूरत नहीं है, बंगाली टोला में जो मिली थी वह तो है ही।"

निर्लिप्त सी बोली सकीना।

"है, तब तो ठीक ही है। सुन मैं कल सुबह मस्जिद की ओर निकल जाऊँगा।"

"क्यों, कल क्या है? न जुम्मा न जुमेरात। बेकार की फिरंटी।"

"बाप रे, यह तो जेल में रखेगी मुझे।"

"हाँ रखूँगी। कौन-सा हुंडी गड़ा है वहाँ?" उसमान उसकी जिद और हक जताने का अंदाज देख मुस्कराया।

"बहुत जिद करती हो बेटी।" सकीना न जाने क्यों भावुक हो उठी उस दिन।

"बाबा, कहीं तुम्हारी बेटी आज मिल जाए और वो हाथ पकड़कर तुम्हें ले जाए तो तुम चले जाओगे?" उसका जी धक् से रह गया। सकीना के सपाट चेहरे को देखने लगा। कुछ उदास हो गई है मेरी बिटिया। जी किया कि सच बता दे परंतु हँस कर कहा, "यदि खोज ढूँढ़ करना होता तो मैं यहीं बैठा रहता? मेरी बेटी की तलाश तुम्हें ही करनी है। मैं कहीं नहीं जाने वाला हूँ मेरी बेटी तुम ही हो।"

"मैं कैसे तलाश सकूँगी। न तुम्हारा नाम जानती हूँ न तुम्हारी बीवी का न बेटी का।"

"मैं सब कहूँगा। अब मन स्थिर हो रहा है। जरूर कहूँगा। सुनो क्या तुम्हें अपना बाप याद आता है?"

"क्यों न याद आएगा?"

"वो अगर मिल जाएगा तो क्या उसे बेआबरू करके भगा दोगी?"

"नहीं, वो क्या मिलेगा? सुना उसे उसके नये परिवार के साथ काटकर फेंक दिया बंगलादेश में।"

"कहीं जिंदा हो। मेरे परिवार को और मुझे भी तो मार कर फेंक दिया पर हूँ न जिंदा।"

"सो तो है, लेकिन तुम?" सकीना उसे गौर से देखने लगी।

"क्या देख रही हो?"

"देख रही हूँ कि तुम्हारी तरह का बूढ़ा कमजोर क्या मेरा भी अब्बा होगा?" 'अब्बा' शब्द उसमान के कान द्वारा हृदय में पहुँच गया। जैसे भूसे की आग पर पानी का छींटा पड़ गया हो। दर्द का गुबार सा उठा, मन धुआँ-धुआँ हो गया आँखें नम हो उठीं। उसने बड़ी मुश्किल से अपने को सँभाला। "मैं उसे कुछ न कहूँगी। जानते हो जब मेरे अब्बा की कहानी अम्मा मुझे सुनाती थी तो उसका नेह-छोह पसीज कर आँखों के रास्ते बह निकलता। जैसे मोमबत्ती पिघलकर धरती पर आते ही ठोस हो जाती है उसी तरह अम्मा के आँसू मेरे दिल पर ठोस होकर जमे हैं। क्या कहूँ मेरी आँखों में आँसू तो कभी आये ही नहीं, न शादी रुखसती पर न अम्मा बड़ी अम्मा की मिरतुक पर। हाँ अब्बा की मौत पर आँखें कडुआई थीं। बाबा मेरे कलेजे पर जो

अम्मा के ठोस आँसू जमे हैं न उसी के नीचे शायद मेरे आँसू कैद हैं। मेरी अम्मा के मन में मेरे बंगाली अब्बा के लिए बड़ा परेम था। कभी दिल में आता है मेरा अब्बा मिल जाए तो पूछूँ इतना मान करते थे अम्मा का तब छोड़कर क्यों चले गये। उस बेचारी को ऐसा दुख क्यों दिया? उससे तुम्हें कौन-सा सुख मिला? और कुछ न कहूँगी उसे। मेरा जनमदाता है। उसे देखकर निहाल हो जाऊँगी बाबा।" उसमान आकुल व्याकुल हो उठा। बेटी का दुख देखा नहीं जा रहा था।

"बेटी, क्या पूछोगी? करमहीन लोगों को सोना का कनी मिल जाता है तो उसे टलहा समझकर घूरे पर फेंक देता है। हीरा का मोल कदरदान ही समझ सकता है। तुम्हारा अब्बा था बानर उसके हाथ में पड़ गया था नारियल। जान पड़ता है वह जब तक रहा नारियल का रेशा नोचता रहा। भीतर जो सुफैद, मीठा गुन से भरा फल था वहाँ तक कहाँ पहुँचा। वो किसी के भलेपन को क्या जाने और क्या कहूँ।"

"हूँ"...सकीना सोचने लगी। हसमत ने आकर बरामदे पर बिजली की रोशनी कर दी। थोड़ी देर मुग्ध होकर अपने ही घर को देखता रहा। सकीना उठकर सबों के लिए खाना परोस लाई।

"छोकरी साँझ ढलते ही सो गई।" सकीना ने हसमत से कहा।

"सोने दो, और कोई काम है उसे?" उसमान हँसने लगा।

"आज का कलेवा उसी ने पकाया है।" सकीना ने कहा।

"खाना तो अच्छा है।" हसमत खाते-खाते बोला।

"अच्छा लगा?"

"हाँ अम्मा, तुमसे भी अच्छा।"

"क्यों नहीं, पाव भर तेल डालकर सब्जी पकाई।" सब हँसने लगे।

"विक्को नाना को लाने गया था सो देरी हो गई।"

"आये?"

"नः कमर में दर्द हो गया है। कहा कि अब एक ही बार सकीना के इनाम लेने के बाद आऊँगा। अम्मा से कहना सालन पकाकर रखेगी।" खाना खतम हुआ सकीना सबों की थाली समेटने लगी।

"अम्मा, मेरी थाली छोड़ो मैं स्वयं धो लूँगा। बचपन से तो अपनी थाली मैं खुद धोता हूँ।" सकीना ने तीनों थालियाँ समेट लीं।

"बा़बा, देखो अब यह बच्चा नहीं रहा। मूँछें निकल रही हैं। मरद हो गया कैसे इसे जूठा धोने दूँ?" सकीना ने कहा।

"वाह मूँछें निकल रही हैं तो तुम्हारा बेटा नहीं रहा?"

"मैं तो तुम्हारा बेटा हूँ अम्मा। तुमसे छोटा हूँ, छोटा ही रहूँगा।" हसमत ने थाली छीनते हुए कहा।

"अच्छा ले धो ले तुमसे कौन हुज्जत करे।"

"आज के चौदहवें दिन जानकी नौमी के दिन तुम्हें जानकी पुरस्कार मिलेगा। मिथिला समाज देगा, समझी?"

"इतनी जल्दी, विदापत मेला के टैम देगा कि।" उसमान ने मसखरी की।

"तब तो देर हो जाएगी। खेदन बाबू का इरादा है कि बिहार सरकार से पहले मिथिला समाज देकर नाम लूटे।" सकीना चुपचाप सुन रही थी हसमत रौ में कहता जा रहा था। "अपने मिथिला में जानकी नवमी जानकी माता का जनम दिन है। उसी दिन जनक जी ने सोना के हल से धरती का सीना चीरते वक्त सीता माता को पाया। उन्हें किसी ने जनमते नहीं देखा सो अवतार कही जाती हैं।"

"मैं जानती हूँ। सीता मैया की कथा कौन मिथिलावासी नहीं जानता, बड़ा अकल सिखाने चला है।" सकीना ने गद्गद होकर कहा। बेटा का कहना उसे भा रहा था?

"देखो बाबा, मेरी अम्मा जानती है।"

"क्यों न जानूँ? शादी-ब्याह जग-जनेऊ में जाती हूँ। अइपन पुरहर, कोहवर मँड़वा देखती हूँ या नहीं, हिंदुओं के सारे विधि-त्यौहार, कथा कहानी जानती हूँ मूरख जान कर भूलना मत कि मैं भी मिथिला की औरत हूँ।"

"बेटी, मिथिला की बेटी हो। अपनी धरती का सच सब को जानना चाहिए।" बड़े से समारोह में सकीना को सम्मानित किया गया। एक हजार एक टका, फूलों से भरा सफेद शॉल तथा प्रशस्ति पत्र मिला। पटना और दिल्ली से पत्रकारगण आयेथे। ढेर सारी तस्वीरें खिंचीं दूसरे दिन अखबार में खबरें छपीं। मैथिल बुद्धिजीवी लोगों ने अपनी पीठ आप ही ठोंकी कि एक विलुप्त होती कला के कलाकार को पुरस्कृत किया।

दुख के दिन बीते

"अम्मा, कुछ पैसे जमा हो गये हैं अब तो बरामदा पक्का करा लो। पीछे की ओर से एक खुला दालान बना लो उसी में लहठी का कारोबार करना। बरामदा घेर कर छोटी कोठरी बनवाना चाहता हूँ वहाँ टेबल कुर्सी लगवाऊँगा पढ़ने में बनता नहीं।" हसमत ने एक दिन कहा अम्मा से। हसमत अब पैण्ट कमीज पहनने लगा है। सकीना अपने बेटे को देख गद्गद थी, वाह क्या बाबू भैया की तरह दीखता है मेरा बेटा। "हाँ बबुआ एक दिन और तुमने कहा था। सही कह रहे हो। दस हजार तक खर्च आये तो बना लो मैं तैयार हूँ देने को। तुम्हारे बड़े-बड़े घर के दोस्त आते हैं। कोठरी और टेबल कुर्सी चाहिए ही।"...हसमत दूसरे दिन से ही लग गया। सब कुछ नक्शे के मुताबिक तैयार हो गया। अब एक मरकरी लगा बोर्ड बनाने का मन था। जमा रुपये खर्च हो गये लेकिन घर का रुख ही बदल गया। मुहल्ले में सबसे ज्यादा रौनक थी। इस घर की। दूकान की प्रतिष्ठा के कारण बिक्री कई गुने बढ़ गई। खरीददार की भीड़ के कारण आमदनी बढ़ गई। "बाबा, बोर्ड बनाने में ज्यादा से ज्यादा एक हजार रुपया लगेगा है न। पर उससे खूबसूरती बढ़ जाएगी।"

"हाँ बेटा, मुझे भी ऐसा ही लगता है पर हड़बड़ी में कोई काम न करो।"

"मैं चाहता हूँ, मेरा अब्बा जो बुच्ची के ब्याह में आये तो अचकचाया रह जाए। समझे कि मेरी अम्मा कितनी ऊँची है।"...उसमान ने पागलपन की हद तक हसमत के उछाह का मरम अब जाना। उदास माँ के साथ रहता। गम-गरीबी सहता अम्मा को अकेले जीने के वास्ते पल-पल तकलीफ में जीता देख हसमत भीतर ही भीतर क्या पाल रहा है।

"बेटा, वो देखकर क्या करेगा। अपना किया सब भोगता है। मैं तो कहूँगा तुम पढ़-लिखकर बड़े इंजीनियर डाक्टर बन जाओ। उसी जगह जाकर उससे ज्यादा धन कमाओ। कई मकान दूकान बन जाएँगे।" उसमान ने कहा।

"मैं कहीं नहीं जाऊँगा। जो कुछ भी हो जाऊँ इंजीनियर, डाक्टर, रहूँगा यहीं, इसी माता जी के चरणों में। हाँ।" मुस्कुराता हुआ अपनी माँ के पैरों पर गिरता सा बोला हसमत। सकीना प्यार से हसमत का सर सहलाने लगी।

"आज, क्या तारीख है?"

"पाँच अगस्त, आज दस दिन बाद पटना के गाँधी मैदान में अम्मा को इनाम मिलेगा।"

"ऐ इतना कम दिन है?"

"ऊँह बुढ़ऊ, देख रहे हो कि नहीं सावन का महीना चल रहा है, लोग नारंगी कपड़ा पहनकर 'बोलबम' करते बाबाधाम जा रहे हैं। मेरे दोस्त अजीम के अब्बा अबके काँवर बनाकर ढेरों रुपये कमा चुके। अजीम से उनका वादा है सावन की कमाई से उसे साइकिल खरीद कर देंगे। अम्मा बंगाली टोला जाकर 'मधु श्रावणी' की लहठी दे आई। तुम किस चक्कर में हो?"

"हूँ, यह सबकुछ तो देख रहा हूँ।"

"पटना चौदह तारीख को पहुँच जाना है। सुबह चार बजे जो बस खुलती है उसी से, तुम भी चलोगे न?"

"मुझे क्यों ले चलोगे, मैं यहीं रखवाली करूँगा फोटो सब देखूँगा कि नहीं?"

"ठीक है बाबा, लेकिन मैं वहाँ जाने से पहले बोर्ड लगा लूँगा।"

"लगा-लो, एक हजार टका दूँगी।"

"बबुआ, एक बात सुनो। नाम कुछ और सोचो। मेरी मानो तो अपनी दूकान का नाम नानी के नाम पर रखो और कमरू की दूकान का नाम बड़ी नानी के नाम पर रख दो। दोनों दूकानों का एक ही नाम रहने से ग्राहकों को परेशानी होगी।" उसमान ने कहा।

"ठीक है बाबा, सोलह आना सही बात कहते हो।"

आबे जम जम

दूकान का नाम 'हसीना मंजिल' रखा गया। नाम ऐसा था कि मकान और दूकान दोनों के लिए मौजूं। मरकरी की रौशनी से रौशन बोर्ड को देखने पूरे मुहल्ले के लोग जमा हो गये। उसमान की आँखें पुरनम हो उठीं। चौदह तारीख को अलस्सुबह सकीना हसमत और कमरू दोनों बाप बेटे साथ ही बस पर चढ़कर पटना विदा हुए। सकीना और दोनों लड़कों ने लहेरियासराय से बाहर कभी कदम भी नहीं निकाला था, पटना जाने की क्या बात। पटने की रौशनी और गाड़ियों की रेलमपेल देख वे अचरज में पड़ गये। कमरू कदमकुआँ में अपने एक साथी के यहाँ ठहरे। सब साथ ही तैयार होकर गंगा नदी का पाट देखने गये। फिर जादूघर, गोलघर और चिड़ियाघर देखने, थक कर चूर हो गये। रात एक ही करवट में बीत गई। सुबह सवेरे अपना पास ले ये गांधी मैदान जाकर अपनी जगह पर बैठ गये। पुरस्कृत होने वाले लोगों की पाँत में सकुचाई-सी बैठी थी सकीना। कमरू, बुचन और हसमत वी. आई. पी. गैलरी में सीना तान कर बैठे थे। झंडा फहराया गया। हसमत दोनों भाई ने सीना ताने झंडे को सलामी दी, झंडा गीत और राष्ट्रगान में साथ दिया। मुख्यमंत्री के भाषण के बाद इन्हें पुरस्कार मिलना था। हसमत का शरीर आनंदातिरेक से काँपने लगा। गांधी मैदान का विस्तार तथा सेना, पुलिस और नागरिकों की भीड़ देख आह्लादित था। उसकी माँ कितनी ग्रेट है, ग्रेट-ग्रेट ग्रैण्ड। पुलकित था हसमत। सकीना का नाम माइक से गूँजने लगा। एक स्वयंसेविका युवती सकीना का हाथ पकड़ मंच पर ले आई। हसमत अम्मा को अपलक देख रहा था। लाल पाढ़ की नीली साड़ी और नीले ब्लाउज में खूब फब रही थी। हाथ भर सहाना चूड़ी और कसकर बाँधा जूड़ा, बिना गहना गुरिया की निराभरण सकीना पाक साफ लगती है। मुख्यमंत्री जी ने एक मुड़ा हुआ कागज और एक मनी बैग भरा हुआ हाथों में दिया तथा शॉल खोलकर कंधे पर डाल दिया। उसके बाद कला अकादमी की तरफ से एक आयोजन हुआ शाम को। उस आयोजन में यह निर्णय लिया गया कि सकीना को आजीवन पाँच सौ रुपया दिया जाता रहेगा कला के विकास के लिए। उस दिन इन लोगों ने पटना में ही ठहरना उचित समझा। सोलह अगस्त को सुबह की बस पकड़ लहेरियासराय लौट आये।

उसमान की आँखें दहलीज हो गई थीं। जैनब, बिटिया और संग समाज घेरकर बैठा था। शाम तक लोगों का ताँता लगा रहा। दिन भर रमन चमन में कब शाम ढली पता ही न चला। हसमत ने बरामदे में एक पंखा भी लगा रखा था। जब बिजली की लाइन ठीक रहती तब चलता। अगस्त की सोलह तारीख सावन का दूसरा पखवाड़ा बीत रहा था। समय ऊखम-विखम था, पानी की एक बूँद नहीं पड़ी। आँगन में चटाई पर बुच्ची सोई थी। सकीना उसे पंखा झल रही थी। हसमत कहीं निकला था। उसमान गमछी से हवा कर रहा था।

सब कोई अपने मन ही मन कुछ न कुछ बुन रहे थे। सकीना सोच रही थी किधर से कौन हवा चली कि सूखा खेत हरा भरा हो गया। जो सकीना अन्न जुटाने के लिए लहठी गढ़ती थी आज घर बैठे पाँच सौ रुपया पाएगी। इतना नाम इतनी इज्जत। कैसी तकदीर पलटी। अपनी तकदीर में भगेड़ू बूढ़ा का हाथ उसे अचरज में डाल देता। किसी जिन का भेजा इंसान है कि क्या है, पता नहीं। बुढ़ऊ तकदीर का खजाना खोलने आया है मानो।

उसमान सोचता हसीना और सकीना के ऊपर किया गया जुल्म और उससे उपजा गुनाह अल्लाह मियाँ ने माफ कर दिया। सजा भी तो भुगत ली। मेरे सुझाये नमूनों पर काम कर बेटी ऊँचे आसन पर विराज रही है। अहा उनकी मेहरबानी।

हसमत चुपचाप आकर खाट पर बैठ गया। बड़ी गरमी है। शफ्फाक आसमान और चाँद सितारे। कितने सुंदर। उसकी अम्मा सकीना कितनी बड़ी कलाकार है गुणवान। हसमत सब कुछ जानता है। नानी हसीना को देख बिहार के प्रसिद्ध चित्रकार उपेन्द्र महारथी ने अमर चित्र बनाये थे। अम्मा सकीना खुद कलाकारों में नामी गिरामी हो गई है। गरमी रांत के साथ बढ़ती जा रही थी। सब जहाँ-तहाँ सो गये। रात से ज्यादा गरम दिन था और दिन से बढ़कर रात। अजब आलम था।

दोपहर में दही का तक्कर पीते-पीते उसमान ने सकीना से कहा, "बिटिया तू मुझे बाबा नहीं अब्बा कह। मेरे अरमान पूरे होंगे।" सकीना उसमान की ओर सर्द निगाहों से देखने लगी। वह कातर था।

"बाबा, मेरे कलेजे के कठुआए हिस्से को दलमलित मत करो। एक अरमान मेरा भी है जिस दिन अब्बा मिलेगा उसकी छाती से लगकर जी भर रोती। सूप भर आँसू झरते, अपनी उमर अब्बा की हालत कुछ न देखती, वह मेरा हक न छीनो। मुझे लगता है मेरा अब्बा कहीं से बौराया भटकता आ रहा है। ऐसा न हो मुझे यूँ ही पत्थर किए चला जाए इस दुनिया से।"

"बेटी अल्लाह करे तुम्हारा अब्बा मिल जाय। तुम उसके सीने से लगकर रोओ वो तुम्हें अंकवार भर सकेगा या नहीं तुम रोना जरूर। उसके मुकद्दर में जो लिखा है वह भोगे, तुम्हारे अरमान जरूर पूरे होंगे। बेटी बहुत दिन से मेरा दिल करता है

कि जरा मस्जिद हो आऊँ। कल शाम तक चला आऊँगा। आज रात वहीं सो जाऊँगा। जाने दो।"

"जाओ"...सकीना ने उदासीन-सा कहा।

"बेटी तुम्हें किसी बात की कमी नहीं है। तुम्हारे पास जो मेरी पोटली है वह मेरी बेटी को दे देना। वह तुम्हें जरूर मिलेगी, याद रखना।" सकीना मुस्कुराने लगी। ...आज तक जो बेटी नहीं मिली अब मिलेगी। उसमान उठा और लाठी टेकता मस्जिद की ओर चला गया।

अकाल विकाल समय। ऐसी गरमी, ऐसी उमस कहाँ कभी हुई थी। ज्यादातर लोग घर-कोठरी से निकल जहाँ-तहाँ सोये पड़े थे। भिनुसारे धरती डोल उठी। लहेरियासराय दरभंगा के पुराने घर सब भहर-भहर कर गिरने लगे। मस्जिद और मदरसा इस चपेट में आ गये। सुबह सवेरे हसीना ने हसमत को भेजा। कमरू ने सुना तो वो भी दौड़ा गया पीछे से। मस्जिद गया था भगेड़ू बुढ़ऊ। कहीं...।

"सकीना, बिटिया कहाँ है तू?" विक्को मियाँ लाठी टेकता आ गया अंदर आँगन की ओर।

"किधर से आये मौसा? आओ बैठो।" सकीना फिक्रमंद थी। विक्को मियाँ को देख उबर गई मानो। जैनब आगे आई पीछे से खाट पर लदा उसमान का निस्पंद शरीर आया, कलेजा अब भी धड़क रहा था। खाट नीचे धरकर दो आदमी खड़े हो गये। सकीना उसमान की ओर दौड़ी। विक्को मियाँ आस्ते-आस्ते खाट के पास आया, झुककर उसमान का चेहरा गौर से देखा फिर उसके दाहिने पैर के अंगूठे को टटोला। उसमान के दाहिने पैर में छः उँगलियाँ थीं। हाथ ऊपर उठाकर बुदबुदाने लगा।

"बेटी सकीना अपने हाथ से पानी पिला इन्हें, आबे जम जम मुँह में डाल। बेटी, सुन अब ये होश में नहीं हैं। ये तुम्हारे अब्बा उसमान मियाँ हैं...मेरे यार मेरे साले उसमान मियाँ।" विक्को मियाँ बिलखने लगे। सन्नाटा सा छा गया। सकीना का पत्थर हुआ मोम पिघलने लगा। खाट पर चित लेटे उसमान की छाती पर सर रखकर रोने लगी जारजार। सकीना के रोने से भोर पहर दाना-दुनका चुगने को आसमान में उड़ते पंछी तक ठिठक गये।

"अब्बा ऐ अब्बा, सुन रहे हो, तुम्हारी बेटी मिल गई, मैं तुम्हारी बेटी तुम्हें पुकार रही हूँ–अब्बा-अब्बा।"...आँसू आबे जम जम हो गया उसमान के लिए। धड़कन बंद हो चुकी थी। विक्को मियाँ हाथ आसमान की ओर उठा फातेहा पढ़ने लगे।

मन में आया उसमान भाई आज 'हसीना मंजिल' पहुँच गये आखिरी साँस लेने। क्या किसी कोने में हसीना बीबी की रूह खड़ी है यह सब देखने?

□□□